```
CB000414
```

LUIZ RUFFATO

Estive em Lisboa e lembrei de você

4ª *reimpressão*

COMPANHIA DAS LETRAS

Copyright © 2009 by Luiz Ruffato

Grafia atualizada segundo o Acordo Ortográfico da Língua
Portuguesa de 1990, que entrou em vigor no Brasil em 2009.

A coleção Amores expressos foi idealizada por **RT/features**

Capa
Retina_78

Preparação
Márcia Copola

Revisão
Angela das Neves
Ana Luiza Couto

Dados Internacionais de Catalogação na Publicação (CIP)
(Câmara Brasileira do Livro, SP, Brasil)

Ruffato, Luiz
    Estive em Lisboa e lembrei de você / Luiz Ruffato. — São
Paulo : Companhia das Letras, 2009.

ISBN 978-85-359-1525-9

1. Ficção brasileira I. Título.

09-07466   CDD-869.93

Índice para catálogo sistemático:
1. Ficção : Literatura brasileira 869.93

[2016]
Todos os direitos desta edição reservados à
EDITORA SCHWARCZ S.A.
Rua Bandeira Paulista 702 cj. 32
04532-002 — São Paulo — SP
Telefone (11) 3707-3500
Fax (11) 3707-3501
www.companhiadasletras.com.br
wwww.blogdacompanhia.com.br
facebook.com/companhiadasletras
instagram.com/companhiadasletras
twitter.com/cialetras

Para os amigos
Maria de Santa-Cruz e Fátima Álvares
Antônio Jorge e Alberto João Marques

E para Helena e Filipe, sempre

Sem me lembrar
De ti eu vivo
Em Lisboa
A *Magnífica*

Xutos e Pontapés

ESTIVE EM LISBOA E
LEMBREI DE VOCÊ

Brasil onde vivi, Brasil onde penei,
Brasil dos meus assombros de menino:
Há quanto tempo já que te deixei,
Cais do lado de lá do meu destino!

Que milhas de angústia no mar da saudade!
Que salgado pranto no convés da ausência!
Chegar. Perder-te mais. Outra orfandade,
Agora sem o amparo da inocência.

Dois polos de atracção no pensamento!
Duas ânsias opostas nos sentidos!
Um purgatório em que o sofrimento
Nunca avista um dos céus apetecidos.

Ah, desterro do rosto em cada face,
Tristeza dum regaço repartido!
Antes o desespero naufragasse
Entre o chão encontrado e o chão perdido.

Miguel Torga

Nota

O que se segue é o depoimento, minimamente editado, de Sérgio de Souza Sampaio, nascido em Cataguases (MG) em 7 de agosto de 1969, gravado em quatro sessões, nas tardes de sábado dos dias 9, 16, 23 e 30 de julho de 2005, nas dependências do Solar dos Galegos, localizado no alto das escadinhas da Calçada do Duque, zona histórica de Lisboa. A Paulo Nogueira, que me apresentou a Serginho em Portugal, e a Gilmar Santana, que o conheceu no Brasil, oferto este livro.

L. R.

Como parei de fumar

Voltei a fumar, após seis anos e meio, pouco mais ou menos, da minha visita ao doutor Fernando, quando ele, prescrevendo o tratamento — tegretol, fluoxetina e adesivos de nicotina —, alertou, "Os medicamentos auxiliam", mas parar mesmo, de vez, condicionava à minha determinação, "Dura segundos a vontade... e passa...". Eu já havia tentado deixar o cigarro três vezes, antes. Numa ocasião, a última, meus colegas de repartição — Seção de Pagadoria da Companhia Industrial Cataguases —, não suportando meu *estado-de-nervo*, compraram um pacote de Hollywood — que nem apreciava, muito forte — e me presentearam dizendo que, embora gostassem muito de mim e soubessem que, se eu continuasse consumindo quase dois maços por dia, logo-logo ia contrair uma doença grave, um enfisema, um câncer, não aguentavam mais a minha impaciência, a minha ignorância, eu, uma pessoa de-natural calmo, cordato, civilizado. O problema é que sempre havia tentado parar *na-raça*, sem amparo de remédio nem nada, mas, orientado pelo médico da fábrica, busquei *ajuda profissional*: conversei com o doutor Fernando, que, apesar de ginecologista e obstetra, jogávamos no mesmo time nas peladas de fim de semana, o Primeiro de Abril, dupla homenagem ao Dia da Mentira e à Revolução de 1964, que, na opinião dos colegas mais políticos, dava na mesma. Ele disse, amarrando a chuteira, pra passar no consultório "Amanhã na hora-do-almoço" — uma segunda-feira — que ele arrumava a receita, já que se tratava de *substâncias controladas*. Dia seguinte, depois de rememorar os melhores lances da partida que ganhamos, três a um, dos veteranos do Vasquinho, do Leonardo, o doutor Fernando falou, "Aproveita que está de férias", pra tomar um porre, "Fume o máximo que conseguir", porque, no dia seguinte, de ressaca, provavelmente não ia poder nem sentir cheiro de fumaça, "E aí você inicia o tratamento". Saí do prédio, atravessei a praça Rui Barbosa, aviei a receita na Drogaria do Povo, quase desistindo por causa da carestia, e, em cima da minha Biz, vagueei sem pressa pela cidade, rememorando todas as marcas que me acompanharam vida afora, desde os matarratos da infância, os sem-filtro afanados do meu pai e das visitas domingueiras, até os John Player Special que vestiam a Lotus do Emerson Fittipaldi, campeão da Fórmula 1 em 1972, cartaz que ilustrava a parede do quarto que dividia com meu tio Zé-Carlim, irmão caçula da minha mãe, fanático por automobilismo, e que, por ironia, morreu cedo, nem trinta anos, no trevo de saída pra Ubá, única vítima da batida entre um ônibus da linha Belo Horizonte-Muriaé e o Chevette do seu Lino, no qual ia pescar na Usina Maurício a turma que trabalhava no armazém lá-dele. Eu nem sabia que John Player Special era nome de cigarro, descobri por acaso em São Paulo, quando acompanhei a Semíramis, minha irmã, à rua Oriente, no Brás, pra comprar roupas que ela revendia em Cataguases, numa lojinha na Taquara Preta, que durou pouco, a clientela comprava fiado e não pagava, acabou fechando, devendo também pra um monte de gente, essas coisas de comércio. O rapaz, bem-falante, óculos escuros, motorista uniformizado, me mostrou o maço preto, caligrafia dourada, "Conhece?", respondi que de-vista, me ofereceu um, aceitei, agradeci. "Aqui no Brasil não tem desses", garganteou, perguntei onde ele adquiria, explicou que carreava, fretado, o povo da cidade dele, Presidente Prudente, praqui e prali, "Até pro Paraguai", e negociamos uma garrafa de Cavalo Branco, que, dizem, é o melhor uísque que existe, não sei, não estimo o paladar, comprei mais pra não desfeitear o coitado, e de brinde ofertou seis cigarros picados (que resguardei pra exibir aos amigos, pintoso, por anos), e acho que, naquele dia, pela primeira vez, me roeu uma vontade danada de viajar pra-fora, invejoso da ladinice do fulano. Quando dei conta, rodava pelo Paraíso, bairro que não punha os pés de há muito — desgostoso, evitava rever a Karina, que namorei uma época, culpa da dona Zizinha, minha mãe, que me pediu pra, aproveitando o intervalo da hora do almoço, buscar o óculos dela na rua do Comércio, ocasião em que apreciei a atendente, toda séria, refletida naquela montoeira de espelho que tem em ótica. Todo dia apanhava ela e levava pra Fafic, a Faculdade de Filosofia, Ciências e Letras de Cataguases, onde cursava pedagogia à noite. De vez em quando aguardava até a última aula, zanzando pelos corredores — amigo de professor e funcionário, maginei mesmo retomar os estudos — pra escoltar ela até em casa, aproveitando pra inspecionar toda sombra de árvore, cada luz de poste apagada, qualquer canto escuro. Não durou muito a safadeza: ela me permutou por um rapaz dono de uma 125 azul, com quem casou, teve filho, separou, e ainda agora deve de andar por lá, divorciada, professora de colégio estadual, independente. Me arrependia daquela decisão — já sentindo falta do cigarro, me perguntava se valia a pena tanto sacrifício — quando lembrei que o Chacon (zagueiro do Primeiro de Abril, apelido derivado da mania de entrar nas jogadas gritando 'xa com migo) gabava de possuir um pequeno estabelecimento por aquelas bandas, e, especulando de um e outro, descobri o negócio, reduzido mas porém decente, limpo, duas mesas de plástico vermelhas enxeridas na calçada estreita, outras duas, de metal, no canto direito do cômodo sem janelas, chão de cimento grosso, balcão expositivo de porcarias pra engabelar criança, prateleiras de bebidas coloridas, estufa de salgadinho, geladeira, frízer. Estacionei a Biz no meio-fio, "Que surpresa, rapaz!", me abraçou, emocionado, gritando pela porta lateral, acesso à casa espichada pra trás e empoleirada em cima, "Lazinha, vem conhecer o Sérgio!", me arrastou, "Vamos entrando". "E aí?", falou, "Pois é...", respondi. Ele conclamou novamente a tal Lazinha, que devia de ser a esposa, fazia questão de apresentar o *colega do futebol,* pra certificar que tratava com pessoas dignas, *honestas,* "Ela confia em mim", mas sempre uma pulga atrás da orelha, deixava a entender, sem graça. Expliquei a recomendação do doutor Fernando, "Grande figura!", me disse, "'Xa com migo!", anunciando entusiasmado que eu só saía dali *carregado*, e serviu, *preliminarmente*, uma dose de cachaça, *da-roça*, que engoli sem detença. Acendi um cigarro, ele trouxe uma garrafa de cerveja, dois copos, não podia ver ninguém bebendo sozinho, "Me dá aflição", brindamos, sumiu atrás da mulher, "Vou pedir pra ela fazer um tiragosto especial, 'xa com migo".

Deste dia, recordo borrões, a cheirosa maçã-de-peito acebolada, um esfomeado viralata desavergonhadamente submisso, o entra-e-sai de meninos e meninas magros e esfarrapados, "Seu Pimenta, me dá um litro de água-sanitária", "Seu Pimenta, a mãe mandou perguntar se o senhor pode vender uma garrafa de Coca-Cola pra pagar no sábado", "Seu Pimenta, o senhor tem bomba-de-flit?", "Seu Pimenta, o pai pediu pra colocar isso na vaca", "Seu Pimenta, me dá uma caixa-de-fósforo" — seu Pimenta, o Chacon, levantava, entregava a mercadoria, anotava o fiado num caderno-escolar, rabiscava os palpites do jogo-do-bicho num bloquinho com papel-carbono, sentava, reavivava o colóquio, "Que nem o Flamengo de oitenta-e-um, nem o Santos de Pelé!, nem o Santos!". No final da tarde, o pessoal que labutava do outro lado da rua, virando areia e cimento, empurrando carrinho-de-mão lotado de massa pra uma construção no alto do barranco, apareceu, tomaram pinga, comeram jiló cozido e linguiça frita, jogaram conversa fora, e levei um baita susto quando acordei, o sol queimando a minha cara, terça-feira de manhã, no meu quarto na Taquara Preta, a cabeça latejando. Ainda vislumbrei a dificuldade de acertar a conta, o Chacon somava e subtraía e não ajustava nenhuma conclusão, embirrando na injustiça de eu arcar com a totalidade dos gastos, afinal, ele também tinha *consumido* da cerveja e dos tiragostos, mas eu insistia, alegando o dinheiro das férias, em pagar tudo, até mesmo a parte dos pedreiros, e ele contestava, "Somos amigos", e, por defendermos as cores da mesma equipe, "O glorioso Primeiro de Abril", devíamos de *rachar a despesa*, e derrapamos nessa lenga-lenga, e então o meu coração escoiceou, olhei pela janela e não vi a Biz no quintal, espichei as pernas bobas e esbarrei com a minha mãe na cozinha, "Acordou, meu filho?", olheiras enormes, assustado perguntei cadê a Biz, e ela descreveu, lamuriosa, que me apresentei "Completamente", hesitou em dizer *bêbado*, mas frisou, entristecida, "Tonto", não conseguia nem parar em pé, e que entreguei a ela o peso da moto e saí tropicando, e, não sabendo o que fazer, encostou a Biz no fícus, junto ao muro em frente de casa, pegou uma cadeira e passou a noite inteira vigiando pra ninguém roubar (sozinha, porque, nessa época, meu pai, paciente de uma ziquizira, já não encontrava mais entre nós). Aí lacei e beijei a minha mãe, que continuou, "Deus protege mesmo os cachaceiros e as crianças", porque não entendia como, *naquele estado*, consegui chegar sem levar um tombo feio, "Podia ter morrido", lamentava, e eu, concordando, empurrava a Biz pra dentro, examinando cada milímetro da pintura sem achar nem um arranhãozinho, "Mas o que me deixa mais abatida", a vizinhança toda espiando o vexame, a hora regulava mais ou menos com aquela que o pessoal cerra as janelas, depois da novela, por causa dos pernilongos, e, fingindo arrumar o óculos, chorou, e, só quando explanei tintim por tintim minha motivação, "O doutor Fernando" etc., é que tranquilizou, e, contrariando o luto (de mais de ano), até sorriu, encabulada, com medo que eu percebesse, "Vamos ver então, meu filho, se dessa vez", e saiu pra catar umas folhas de boldo pra preparar um chá e comprar uma galinha gorda pra uma canja, que, segundo ela, "Não tem remédio melhor pra curar pifão". Tomei os comprimidos, pus o adesivo, voltei pra cama, dormi.

Mas foi parar de fumar, e as coisas degringolaram na minha vida, e só não desisti daquela empreitada pra não desapontar o doutor Fernando, que adotou uma felicidade irradiante, me expondo pra deus-e-o-mundo como *prova incontente* do seu *método revolucionário*, "Parece indiscutível que a associação de um anticonvulsivante a um antidepressivo, mais um dosamento retrógrado de nicotina", claro que considerando a *pertinácia do paciente* (no caso, eu), "Resulta altamente favorável em casos de abstinência de tabaco", declarou no Programa Roda Viva, que vai ao ar aos sábados às onze horas da manhã na Rádio Cataguases AM, ao qual comparecemos ambos, a convite do repórter Arnaldo de Souza, filho do finado seu Edegar de Souza, o Compadre Edegar, de nunca suficientemente festejada memória, e acrescentou que apenas não patenteava a prescrição pra esquivar das *intoleráveis pressões* das multinacionais do cigarro, *particularmente* da Souza Cruz, "Que, conforme todos sabemos, não pertence ao Souza, nem ao Cruz", formação dele comunista. Se a desilusão com a Karina me impingiu a certeza de que no Brasil vence o mais bem motorizado, ao mesmo tempo me apartou por lustros de compromissos sérios, quando apenas namorei amadoristicamente (da lista a seguir consta somente o nome daquelas com quem mantive relação afetiva por, *no mínimo*, um mês): Josélia, operária da Industrial, e Selene, da Manufatora; Ana Clara, colega da Pagadoria, desquitada; Kátia e Maíra, balconistas na rua da Estação; Silvana, Kênia e Lídice, estudantes de letras da Fafic (tomei antipatia por pedagogia); Mariana e Janaína, professoras, uma primária, outra secundária; Zilma, cabeleireira (casada, fato por mim desconhecido e sinceramente deplorado); Verônica, auxiliar de enfermagem; Leda, caixa-de-banco, encostada no INSS, problema de coluna; Bia, que mexia com enfeites de biscuí; Irineia, proprietária de uma banca-de-camelô, perto do Mercado do Produtor; e Bete, que olhava pessoas doentes. Por azar, engravidou justo a Noemi, do-lar, vizinha nossa, malfalada no bairro, que engraçou comigo quando finalmente consegui trocar a Biz por uma 125 retirada novinha em folha da concessionária, filha do seu Ponté Carvalho, caboclo das-antigas, bronco e sistemático, que adentrou a sala, munido de um trabuco, zurrando que ia haver matrimônio, "Nem que seja na delegacia!", contra a geral opinião que opunha dúvida à paternidade, assustando minha mãe, que, ciosa de decoros e honradezas (Irmã de Maria), mandou o homem beber um copo de Maracugina e submeteu à palavra dela a combinação de data, "Filho meu não falta com família de ninguém!". Decorre que sagrou esta uma melancólica união desde a raiz, festança desproporcionada no

Clube Aexas pra não sei quantas cabeças, por gosto dos Carvalhos, gente de comer taioba e arrotar pernil, multidão reclamosa, a cerveja e o guaraná, *quentes*; os espetinhos de churrasco, *passados*; a maionese, *desandada*; a música, *alta* (pros idosos), *cafona* (pra mocidade); as balas-de-coco, o bolo, *minguados* (o povo avançou, sem condição sequer pro retrato oficial, mãos sobrepostas na faca); o local, *afastado*; a noiva, *xexelenta* (no parecer dos meus); o noivo, *otário* (no juízo de todos). Nascido o menino, Pierre, a Noemi teve um troço, que de-começo pensei ser frescura, brigamos feio, o tempo fechou no apartamentinho que alugamos (bateu o pé, achava *chique* morar em prédio) na Vila Domingos Lopes, ora prostrada na cama o dia inteiro, sem força nem pra trocar a fralda da criança, ora virando noite sem pregar o olho, uma falação sem-fim, e a coisa piorou a tal ponto que, se num período morta-viva não conversava com ninguém, noutro galgava o comércio numa empolgação esquisita, esperdiçando crédito em bugigangas e emprestando dinheiro de agiota, várias vezes me convocaram no serviço, o Pierre esgoelando abandonado no berço, e outras tantas percorri, com ele berrando no colo, barzinhos, botequins, boates, danceterias, arrasta-pés, muquifos, noites adentro à caça da Noemi. Quase dois anos despendi nessa desordem até deparar o doutor Fernando por acaso perto da Fábrica Velha, "Quê que aconteceu, Serginho?", cobrando minha ausência do Primeiro de Abril e perguntando, "Com todo respeito", se confirmava os comentários da população sobre as *extravagâncias* da minha esposa, "Acompanhei a gravidez, fiz o parto, não notei absolutamente qualquer perturbação", seja *física*, seja *psicológica*, mas, ao fim da minha explanação, três cafezinhos depois, suspirou, "Um quadro típico de pemedê", recomendando que levasse ela, "O mais breve possível", a um *especialista*, e rabiscou o nome de um psiquiatra de confiança dele. Os Carvalhos, entretanto, demoraram uns seis meses pra admitir que a Noemi tinha a *ideia fraca*, antes preferindo me acusar de querer denegrir o nome deles, de descuidar dos deveres varonis, de tratar mal ela, eu!, que duas vezes baixei no pronto-socorro, por causa de um copo que ela tampou na minha cara (três pontos na maçã-do-rosto) e de um piriri provocado pela água salobra que ela misturou na laranjada, e minha sogra arreliava tanto a minha mãe pelo muro que separava os quintais (derramava água quente nas galinhas, punha olho-gordo na hortinha, ligava o rádio na maior altura pra provocar *distúrbio*), que a coitada perdeu a paciência, e engalfinharam as duas, uma vergonha, a molecada estumando a contenda, deu até polícia — um perereco que, no meu entender, ocasionou o falecimento da mansa dona Zizinha, que Deus a tenha!, meses depois, de complicação do coração, isto numa mulher incapaz de molestar uma mosca e que nunca queixou de uma dor-de-cabeça, uma dor-no-corpo, um resfriado, nada, veio o enfarte, pum!, estatelou dura. A Semíramis ainda cercou a Stela, minha cunhada, pra tirar satisfação, e o troço ferveu quando acusou a vigarice dela, que adiantava dinheiro pros aposentados e, no dia do pagamento, acompanhava os desinfelizes ao banco pra, na boca-do-caixa, cobrar vinte por cento a título de *juros* e *assessoria jurídica*, só porque, propalava, era doutora-advogada estudada e formada em curso de fim de semana em Juiz de Fora, mas nem nunca exibiu a carteirinha da OAB, "Ô porqueira de gente você se meteu!", enfim, um frege que, não fosse a Noemi ser pega pelada em frente à Prefeitura, em plena tarde de sol quente, e aquilo tresandava em tragédia. Internaram ela numa *clínica de repouso* em Leopoldina, apossaram do Pierre pra criar (mudaram pra Granjaria, poupando da bisbilhotice dos vizinhos) e demandaram contra mim um processo por *maus-tratos, negligência e abandono de incapaz* — sendo *incapaz* a Noemi, e *testemunhas* os velhinhos da Stela —, mais as pensões de praxe. Eu vivia tão desacorçoado que não rendia mais na fábrica: as faltas e a desatenção me cortaram a carreira, e fui mandado embora cinco-seis meses depois do passamento da minha pranteada mãe.

Entretanto, aos muitos que por esta época apostavam na minha desistência, aborreci, pois que misturado carrego sangue coropó, lusitano e escravo, do qual me orgulho e me guia avante, como certa cigana arranchada na Rodoviária constatou nas cartas, e a Mãe Célia, que *baixava* na progenitora da Irineia, uma das minhas namoradas, avalizou nos búzios. Assim, um domingo de manhã, sapeando a conversa-fiada dos pinguços no Beira Bar, mencionei, meio impensado, quando me perguntaram "O quê que você vai fazer da vida agora, ô Serginho", que cismava ir embora, "Pro estrangeiro", e, antes que debochassem, o seu Oliveira, pano-de-prato no ombro, destampou outra cerveja e apoiou o intento, "O caminho é Portugal", e, diante da admirada plateia, decantou as maravilhas do país pra onde todo mundo estava seguindo, e que, se mais novo, até mesmo ele voltava, "O momento é de reconstrução", dinheiro não é problema, falta mão-de-obra, e os portugueses andam assoberbados, "Escolhendo serviço", e sobram oportunidades pros brasileiros e pros pretos (que é como eles chamam as *pessoas de cor*), e perguntei, simulando desinteresse, ques profissões nossos patrícios desempenhavam por aquelas bandas, no que enfileirou pedreiro, bombeiro, eletricista, ladrilheiro, pintor-de-parede, motorista, garçom (os homens), arrumadeira, atendente de loja, manicure, cabeleireira, tomadeira-de-conta-de-criança e garçonete (as mulheres), com a vantagem de perceber o salário *em euro*, "O lugar certo" pra quem não tem alergia a trabalho, e peguei matutando, caramba, passado dos trinta anos, e, refletindo bem, que de frutuoso entrevia pela frente?, "Eu vou é pra Portugal", decidi, e, impressionados, os colegas me cercaram, parabenizando pela minha *coragem*, minha *audácia*, e já encomendando *lembrancinhas* pra quando eu viesse a passeio, camisas da seleção portuguesa, do Benfica, do Sporting, galo-do-tempo, galo-de-barcelos, vinho-do-porto, chaveiro, ímã de geladeira, *qualquer coisa*, e o seu Oliveira prometeu me passar um *contato* lá, e a tarde varamos em comemoração. Na segunda-feira cedo procurei a Semíramis e propus um termo na nossa desavença — ela desejava apropriar da casinha que herdamos com a morte da nossa mãe, pois morava de aluguel na Santa Clara, mas eu resistia, desempregado —, "Vendo minha metade procê", e expus minha tenção de, com a quantia arrecadada, mais uma raspa-de-tacho do Fundo de Garantia, "Isso é segredo, se a Carvalhada descobre, me rapelam também", e a transação da

125, demudar pra Portugal, de onde em um-dois anos retornava, os bolsos estufados, pronto pra resgatar o Pierre, e o ajuste transcorria urbano, ela, queixosa com a minha ida, evocava outras épocas, nós crianças, "Teve aquela vez, lembra?", a mesa posta pro almoço, meu cunhado, o Josias, apareceu, inteirou da boa-nova, e, entre uma garfada e outra, contabilizaram valores, pechincharam, antecipando minha riqueza futura, mas, quando o meu sobrinho, o Leo, chegou da escola, um varapau, a cara escarvada de espinha, a coisa quase desarranjou, porque ele não conformava com a venda da moto, "Ah, deixa emprestada comigo, tomo conta direitinho", recebendo incondicional apoio dos pais, que ainda argumentaram, além de tio, batizei o menino e, entretanto, nunca havia satisfeito *um único* pedido do afilhado, "Não custa nada dar esse gosto ao Leozinho", os colegas *tudo* tinham meio-de-transporte próprio, "Só ele pega ônibus", e, como eu vacilasse, largou o prato de comida na metade, sumiu batendo a porta da sala, restabelecendo a discórdia, aí eu disse, pra pôr fim àquele embaraço, "'Tá bem", porque não deixavam de ter razão, talvez fosse mesmo um *padrinho ausente*, e a minha irmã abriu o bué, comovida, desde pequena muito emotiva, e meu cunhado bateu no meu ombro e falou pra não preocupar não que encarregava de dar andamento nos papéis, "Conheço os canais". O resto da semana gastei agitado, sem condição de dormir ou alimentar direito, um trem esquisito, um lado, bobo-alegre, projetava, daí a pouco, caminhando por aquelas mesmas ruas, feito lorde, o povo todo puxando-saco, Serginho isso, Serginho aquilo, *Doutor Serginho*, só faltava deitarem no chão pra eu pisar em cima, mas o outro lado, cu-na-mão, pouco andejo, de cidade-grande conhecia, de passagem, o Rio de Janeiro (cinco vezes, em excursão, pra molhar os pés no mar em Copacabana, subir no bondinho do Pão de Açúcar, ver jogo do Flamengo no Maracanã) e São Paulo (pra Semíramis comprar roupa pra revender), e Juiz de Fora também, mas Juiz de Fora não conta, é meio quintal de Cataguases, além de Piúma, que virou febre ir passar o fim de ano na praia lá, sendo que as férias, antes do sucedido com a Noemi, eu gozava ali mesmo, entretido em jogar buraco e cacheta a-valer na pracinha do Pau-Morto (por causa da audiência dos aposentados), perseguindo moça-solteira no comércio e na indústria, inventando jeitos de incrementar a moto pra fazer bonito nas visitas à parentalha espalhada pelas *grotas* entre Ubá e Viçosa (Senador Firmino, Presidente Bernardes, Dores do Turvo, Senhora de Oliveira), e agora embarcar pras lonjuras de Portugal, sem ninguém, meu deus do céu! Resolvi explorar a experiência do seu Oliveira, que ultimamente, de dois em dois anos, viajava pra lá, encostei no balcão, pedi uma cerveja, um pratinho de azeitona, e desembainhei um questionário, "Como é que um sujeito chega em Portugal?", "De avião, ora pois", "Como é que é um avião por dentro?", "Apertado", "De onde sai o avião?", "Do Rio de Janeiro", "Quanto tempo demora a ida?", "Umas nove horas", "E a volta?", "Mesma coisa, ora pois", "Tem banheiro?", "Evidentemente", "Dá pra dormir?", "Até ronco", "Tem comida?", "A da TAP é boa", "E o país?", "O melhor lugar do mundo", "Onde um sujeito, que quiser ir, compra a passagem?", "Em Juiz de Fora", "Quanto custa mais ou menos?", "Uns mil dólares, dependendo da época", "Mil dólares?", "Dependendo da época", "Que mais um sujeito, que quiser ir, precisa saber?", "Tem que tirar passaporte...", "Passaporte?", "Um documento universal", "Hum...", "E tem que trocar o dinheiro", "Onde o sujeito arruma o tal passaporte?", "Na Polícia Federal, em Juiz de Fora", "E o quê que o senhor falou de dinheiro?", "Tem que trocar, levar euro", "E se o sujeito nem nunca viu um euro de perto?", "Guardo comigo umas notas, posso mostrar", e incentivou, com a minha cultura, a minha desenvoltura, a minha saúde, "Vá, Sérgio, empenhe-se, economize", pra, investindo em imóveis em Cataguases, garantir uma velhice tranquila, de papo-pro-ar, "Ah, tivesse tua idade, tua disposição!", e tornou a referir a um *contato*, um primo, que certamente me arranjaria uma boa colocação. Essa palestra me poliu tanto os brios que, enquanto aguardava o desenrolo do trato da herança, costumei a rodar a Taquara Preta, fim de tarde, vistoriando as placas Vende-se, na garupa o Ivan Cachorro Doido, camarada meu encostado por causa de que dava uns acessos feios, de estrebuchar no chão escumando pela boca, embora a malícia do povo denunciasse tramoia, "Doença dele é horror de pegar no pesado", mas, devido aos seus desafazeres, ninguém mais indicado pra ajudar a destrinchar as inconveniências das moradias, como estrutura ("Ó, pode ver, a laje descai pro canto direito ali, ó"); vizinhança ("É procurar chifre-em-cabeça-de-cavalo, por quê que você acha que os antigos proprietários mudaram?"); documentação ("Esses não têm nem registro da planta na Prefeitura"); valia ("Quanto estão pedindo? Sai fora! Merece não"), até que, de uma hora pra outra, sabidos do meu interesse, todo mundo passou a me oferecer um *negócio de ocasião* à custa de um *porcentual de corretagem*, "O fulano quer xis, mas se você achega ípsilon, nota sobre nota, ele amacia", e ameaçaram com uma surra o Ivan por *desmerecer* as residências, *desencaminhando* o meu ponto-de-vista, e ele, amedrontado, desapareceu, me acusando, injusto, de traição, se intitulando o único *autorizado* a intermediar as conversações, nunca disse isso, caraminholas da moleira dele. Me assanhou mesmo foi a investida da dona Dalila, viúva, dona da melhor casa do bairro, que no *calor* armava uma piscina-de-plástico, cinco mil litros, no quintal, e cobrava entrada pra molecada nadar, além de fornecer chupe-chupe e guaraná *caseiro* ao comércio local, e que imaginou, embora não tivesse propósito de passar a residência *pra frente*, também fazer uma proposta, mas antes serviu um cafezinho, salva com toalhinha-de-plástico rendada, xícara, pires, colherinha, um esmero, e inspecionamos cada cômodo, me convencendo da qualidade do material utilizado, "De primeira", que ela *em pessoa* escolheu, "O finado, que Deus o tenha!", pra isso não prestava, e agarrada à minha mão ostentava a parede, "Que perfeição, passa o dedo!, nem um caroço", o piso, "Paguei tanto, o metro quadrado", os ladrilhos do banheiro, "De uma linha *exclusiva*", e *principalmente* o que não está *às vistas*, "O essencial", tubos e conexões, manilhas, fiação elétrica, "Igual, só em casa de rico", e, finda a recreação, "Mais um cafezinho?", convocou, sentida, a memória da minha finada mãe, "Ainda que bem mais nova", constituíram uma amizade bonita, solidária, férrea, e decifrou a natureza de uma *carta de preferência*, um *instrumento legítimo* de contrato, bastava transferir pra ela uma quantia *simbólica*, "Tudo registrado em cartório", que ficava proibida de transacionar com outra pessoa, sob pena de pagar uma multa, "Vamos dizer", o dobro da importância depositada, e, veramente encantado, prometi estudar o caso. Nessa toada, a minha iminente ida pra Portugal transbordou da Taquara Preta, a ponto da minha cunhada Stela me procurar pra *esclarecimentos*, que, quisesse mesmo tentar a sorte no estrangeiro, devia renunciar, *em juízo*, à parte do total auferido na repartição da herança, pra garantimento das minhas obrigações paternais e maritais, "Se não...", intimidava com sabedoria advocatícia, e, sem capital, desisti de barganhar com a dona Dalila, o que, aliás, resultou melhor, porque já então o assunto vulgarizava, a 125 chacoalhava pelos paralelepípedos da Santa Clara, Ibraim, Beira-Rio, Paraíso, Dico Leite, Vila Minalda, Vila Teresa, o povo acenando, cobiçoso da minha aventura, "Aí, Serginho, indo pra Portugal, heim!", e dia a dia mais me saudavam em público, a minha madrinha, que não via há anos, ficou fora-de-si, em plena praça Rui Barbosa, quando confirmei a notícia, "Eu sempre soube que você ia longe, meu filho, pena o compadre e a comadre não estarem aqui pra ver a sua vitória", e caiu desmaiada, tremendo, acudida pelos comentaristas do ponto-de-ônibus, e o vereador Professor Anacleto fez questão, ao cruzar comigo na rua do Comércio, de trocar umas ideias na porta do Bar Mulambo, "Um enorme orgulho de você", desde os tempos que deu aula pra mim no Colégio Cataguases (eu, que nem nunca estudei no Colégio Cataguases), e desfi-

lamos, braços dados, em direção à redação do jornal Cataguases, *órgão oficial do município*, "Conhece o Serginho?", anunciou ao Lucas Novaes, e ele, "Serginho!", me recepcionou
com intimidade, perguntando, "E aí, meu caro, como vai?",
tão caloroso que duvidei da minha certeza de que nunca havia
visto ele antes, e o vereador, "Então, já sabe da novidade?", e
o jornalista, "Professor, não existe novidade que não tenha
passado antes por aqui", apontando a mesa com telefone, com-
putador e copinho-plástico, resto de café, lotado de bituca,
"Vou deixar o Serginho com você", disse, exigindo *tratamento
de primeira*, "Afinal, temos que destacar os valores da terra que
despontam pra vencer lá fora", e me segurou novamente, po-
sando pro Lucas Novaes bater o retrato que ilustrou a matéria,
um capricho, tão bem relatada, "Os seus pais devem estar muito orgulhosos de você, Serginho", despachou, enviando *con-
gratulações* a todos, e nem tive coragem de relatar o duplo
falecimento, receio de estragar momento tão bonito, e começou a entrevista, "E então, Serginho, indo pra onde?". Pendu-
rado o jornal na banca sábado de manhã, meu feito transpôs
a ponte nova, esparramando também pelos bairros da margem
esquerda do rio Pomba, Vila Resende, Granjaria, Leonardo,
BNH, Vila Domingos Lopes, Vila Reis, Barridê, Tomé, Mata-
douro, Ana Carrara, e à noite bateram na janela do meu quarto, o Ivan Cachorro Doido, sussurrando que, a mando de um
corretor conhecido dele, "Por mim não, que depois daquela
palhaçada enfiei a viola no saco", queriam mostrar umas residências *bacanas* na avenida Humberto Mauro, e, como relu-
tasse, filosofou, "Depois de conviver" com a *civilização* em

32

Portugal, "A alta cultura", não ia conseguir mais aturar o povo da Taquara Preta, sem educação, sem modos nem compostura, *desclassificado*, "Mas lá só moram os picagrossas", falei, "Pense grande, Serginho, ganhando em euro, você também vai ser um bambambã", antecipou, "Vai passar no relho as grã-finas todas, cara", quem sabe até casava com uma delas, "Não sei se quero repetir essa façanha não, Ivan, fiquei traumatizado", reclamei, "Melhor, fica só na sacanagem então", e, inflamado, questionou, mesmo reconhecendo em mim um *colosso* de conquistador, "Já fechou um abecedário inteiro", se tinha namorado alguma moça do Centro, o que, a contragosto, confessei que não, "E por quê? O quê que aqueles filhinhos-de-papai têm que você não tem?", concluindo por um problema de *logística*, "Você acha que elas vão sair com um sujeito da Taquara Preta, mesmo montado na grana?", e quando, quase solapado, cogitei sobre a oferta da dona Dalila, emputeceu de vez, "'Cê é besta, Serginho, eu aqui tentando ajudar, puxar pra cima", e, descendo mais a voz, após observar cuidadoso a rua escura, a fraca luz dos postes filtrada pelos galhos dos fícus, o silêncio lacerado pelo silvo dos morcegos, o latido dos cachorros, o choro de um neném, o barulho de uma televisão, segredou que aquela parte do bairro, "Sabia não?", antes do loteamento, era um brejo, "Terreno ruim, as casas tudo condenadas, a umidade", o que me convenceu de vez a procurar moradia em outro local, tristeza danada largar amizades *de-raiz*, mas, fazer o quê?, como corrigiu o Ivan, "Quem vive de passado é historiador".

Neste entretanto, a tratativa da minha metade da herança

não evoluía, os bancos recusavam empréstimo pro meu cunhado, nome-sujo na praça, e jogavam eles na arena dos agiotas, e os que há pouco me aplaudiam, agora, impacientes, achincalhavam, "E aí, Serginho, rápida a sua viagem, heim?", um inferno, mas não há de ser nada, refletia, conforme explicou o Ivan Cachorro Doido ao corretor, furioso quando soube que nossa andança era *preventiva*, só ia dispor de capital *mais à frente*, "A gente é que nem elástico, meu chapa, hoje esquecido na gaveta, sem serventia, amanhã esticado, amarrando um bolo de dinheiro", mas a pressão me descontrolou a ponto de não querer nem pôr o nariz pra fora, e já ia embicando pra mesma perambeira que descambou a Noemi, quando a Stela encostou a Kombi no meio-fio e, puxando o Pierre aos berros, me sacudiu, autoritária, "O tempo passando e você nada, heim, Serginho", ou reassumia a busca no *mercado formal de trabalho* ou ia de vez pra Portugal, se não, "A próxima visita vai ser na cadeia", e ainda reclamei do *impacto psicológico* que um troço desses podia causar na cabeça do menino, e ela, "Impacto psicológico você vai ter se não resolver isso logo, desgraçado!", e, agitada, desfilou mais um monte de palavrão, de pé na calçada, rodeada de vizinhos e passantes, aquilo me deu uma revolta tão grande que desentoquei e principiei a tomar providências, levantei minha caderneta-de-poupança na Caixa Econômica, gastei sola de sapato em Juiz de Fora pra tirar o passaporte e informar da passagem de avião, três dias nessa mixórdia, pousado num pardieiro na parte baixa da rua Halfeld, e o rebuliço recomeçou, pois, de vingança, a cada passo exibia o documento, angariando de novo reverência e notoriedade, e de repente tudo precipitou, a Semíramis hipotecou a parte dela na casa, encaminhou a minha cota — menor que a combinação, mas, questão de honra provar praquela *ralé*, bem que o Ivan avisou, quem era Sérgio de Souza Sampaio —, e, orientado pelo seu Oliveira, marquei o bilhete, troquei dinheiro (com ele mesmo, de-favor, a um preço camarada, ainda assim caro pra chuchu), anotei o endereço do *contato*, e os dias desencaminharam, uma friagem na barriga, sem tempo pra pensar, remediava de uma coisa e outra, uma muda de roupa, um par de sapato, peregrinei em despedidas — meus pais, o tio Zé-Carlim e meu padrinho no cemitério, minha madrinha, amigos de infância —, e, mesmo que sobrepairasse uma ânsia, será, meu Deus, que é esse mesmo o meu destino?, tarde demais pra pestanejar. E, na manhã que parti, impossível esquecer, uma multidão amontoou na frente de casa, a rua enformigada que nem dia de festa de São Cristóvão, faixas estendidas, "A Taquara Preta se orgulha de Serginho, seu filho querido — Vereador Professor Anacleto", "A Associação dos Moradores da Taquara Preta saúda Serginho — Vereador Todinho do Gás", o taxista, prevenido da importância do *transportado*, engalanou de terno e gravata, aguardando, compenetrado, o término do rapapé, abraços comovidos e apertos de mão emocionados, aconselhamento e chororô, e, quando adentramos o carro, a Semíramis e o Josias, endomingados, fizeram questão de acompanhar, alastraram as palmas e os assobios, "Vai, Serginho!", pipocou o foguetório, "Viva o Serginho!", uma latomia, soluçando, minha irmã falou, "Até parece casamento", e, confesso, eu, que não costumo dobrar a essa bobiça de sentimentalismos, desatei o nó da garganta, e umas lágrimas extravasaram, reclamei, "Ô merda, sô!", de um cisco no olho, e meio besta, fiquei ali acenando, receio de nunca mais retornar, uma saudade já daquela gente, criados tudo juntos, observando o adiantamento do bairro, cafundó pouco a pouco civilizado, o arruamento, a luz elétrica, as redes de água e esgoto, o asfalto, os botequins, as festas pra construção da igreja católica, o erguimento silencioso dos templos dos crentes, os shows no Clube do Cavalo, os comícios, as peladas no campo que tem um marco em ruína Aos vinte e um dias de abril do ano de 1982 aqui foram lançadas as bases do Estádio Municipal de Cataguases, sendo Prefeito Municipal o Excelentíssimo Senhor etc. etc. e que sempre serviu de pasto pras criações do seu Nilto Leiteiro, as enchentes que ameaçam sorrateiras, as queimadas que sufocam as casas, a poeirama de agosto, a praga de pernilongos, escorpiões, carrapatos, a epidemia de gatos e viralatas, as desavenças, as uniões, os que nasceram, os que morreram, a bandidagem, os maconheiros, o pessoal da cocaína, a aids e, ultimamente, os mutirões contra a dengue, e, ruminando, calados, estacionamos na Rodoviária, o meu cunhado, arrastando a mala nova, imensa, "Licença, licença", informava, "Cuidado, meu povo, que essa aqui vai pra longe", estacou na porta do ônibus pro Rio de Janeiro, vigilante, e a Semíramis disse pro motorista, "Leva meu irmão direitinho, heim, que ele está indo lááááá pra Portugal", e, então, curiosos, os passageiros me cercaram, mesmo os que embarcavam pra outras localidades, Sereno, Santana, Glória, Astolfo Dutra, Ubá, Muriaé, Juiz de

Fora, cutucando uns nos outros, "Quem?", "Aquele ali, ó!", e uma senhora portuguesa, que ia pra Belo Horizonte, franzina e enfermiça na cadeira-de-rodas, implorou pra ser trazida à minha presença e, aos prantos, explicou que tinha nascido na serra da Estrela, chegou com dezesseis anos, "Perdi a esperança de voltar", me pedindo pra lembrar sempre dela, "Nossa Senhora de Fátima te acompanhe, meu filho", e, educadamente, solicitaram que eu *ocupasse* minha poltrona, estávamos atrasados, e no meio do tumulto a Semíramis clamou, "Esquece de dar notícia não, meu bem!", cruzamos a ponte nova, flanqueamos a Industrial, atravessamos a Vila Minalda, e, numa curva, depois do Clube Meca, Cataguases desapareceu, e o senhor, sentado ao meu lado, respeitoso, perguntou se viajava *a passeio* ou *a negócio*.

Como voltei a fumar

Passei dormindo meu primeiro dia em Portugal, debaixo das cobertas no Hotel do Vizeu, na Madragoa, um bairro antigo pra caramba, de ruinhas estreitas e casario maquiado, uma antiguidade tão grande que até as pessoas são passadas, velhas agasalhadas em **xailes** pretos, velhos de boinas de lã subindo-descendo devagar o ladeirame, sem ar, escorados nas paredes, gente extravagante que parece uma noite deitou jovem e acordou, dia seguinte, idosa, cheia de macacoa, vista fraca, junta dolorida, dente molengo, perna inchada, e, assustados, passaram a desconfiar de tudo, sempre enfezados, resmungando pra dentro, incompreensíveis, respondendo as perguntas com irritação, e, quando pus os pés em Lisboa, o rapaz olhou o retrato no passaporte, falei bom dia, nem respondeu, bateu um carimbo e mandou seguir, e já fui desgostando desse sistema, pensei comigo que ele não devia estar bem dos bofes, mas toquei pra frente, especulei de um e outro e descobri minha mala rodando sozinha numa esteira, arranhada e amachucada, o que me deixou bem nervoso, porque, quando despachei, contra a minha vontade, no Brasil, estava estalando de nova, e receber ela assim, toda estropiada, achei muita desconsideração, e na saída procurei um guarda, pra ver se sabia de alguma pensãozinha barata, coisa simples, "Pra resguardar os primeiros tempos", e ele encaminhou pra um balcão de informações, uma moça atendeu e, me percebendo brasileiro, abriu em simpatias, contando de parentes no Rio de Janeiro, um tio, primos etc., e indagou se conhecia a cidade, respondi que, *claro*, "Já estive lá umas cinco vezes", ela suspirou, "Ah!", as praias, o povo, a música, confessando que tinha *muita* vontade de visitar o país, mas que até aquela ocasião não houve *oportunidade*, e se dispôs a arranjar um lugar *especial* pra mim, aí alertei que necessitava, *de momento*, apenas de uma pensãozinha barata, "Coisa simples, pra resguardar os primeiros tempos", e, detetiva, a sobrancelha interrogou o que *então* me trazia à Europa, e delatei o desemprego em Cataguases, "Cataguases é onde moro", o problema da Noemi, "Noemi é minha esposa", hospitalizada numa *casa de repouso* em Leopoldina, a perda do Pierre, "O herdeiro", pra Carvalhada criar, "Uma gente encrenqueira que só vendo", e meu pensamento de trabalhar firme por um tempo, ganhar bastante dinheiro e voltar pro Brasil, comprar uns imóveis, viver de renda, e, esperançoso, quem sabe, "Nada é impossível", até mesmo, "Casar de novo", e, ela, assustada, falou pra não repetir aquilo pra ninguém, "Ninguém!", pois, se descobrem, me pegam e mandam de volta na hora, e eu, já traumatizado com isso, resolvi, naquele momento, ficar solteiro pro resto da vida, e, então, ela pesquisou pelo telefone, aqui e ali, e, abandonando na fila uns gringos branquelos e malcriados, me acompanhou até o táxi, um frio de lascar, forneceu um endereço pro motorista, disse, "**Adeusinho**", e, com vergonha, confesso a minha falta, porque várias vezes passou pela minha cabeça ir lá agradecer a gentileza dela, mas nunca fui, uma correria danada, o aeroporto fora de mão, vou adiando, adiando, cada vez mais dificultoso.

O seu Seabra exigiu pagamento adiantado, e, capengando, subiu a escada de madeira, apontou o banheiro comum no fim do corredor, pro *banho* e pras *necessidades*, mostrou o quarto minúsculo, limpo, mas fedendo a naftalina, cama-de-solteiro e guarda-roupa, afastou a cortina da janela e alardeou a vista, eu estava cansado, ouvido zunindo, cabeça oca, detestei aquele negócio de avião, perna encolhida, não consegui sossegar sentado, arrumei uma ição no banheiro, bexiga solta, desconforto no estômago, o troço balangando o tempo todo lá em cima, só de imaginar numa emergência não ter pra onde socorrer, santo deus!, prometi que só boto os pés de novo dentro de um na hora de voltar pro Brasil, depois, finco eles no chão, nunca mais, e o seu Seabra, olhinho azul miudinho, atrás de mim explicando que *a casa* não oferecia café-da-manhã, que a porta fechava às dez da noite, que os hóspedes carregavam a própria chave, que a responsabilidade pelo entra-e-sai cabia a cada um, que se notasse alguma irregularidade chamava a polícia, aliás, conhecia bem o chefe da Judiciária, combateram juntos **em África**, parte da juventude, "A melhor parte", tinha gastado servindo o Exército em Moçambique, sobrou da época a perna manca, "Um estilhaço bem aqui", e uma insônia que remédio nenhum domava, e não entendia tanto esforço despendido pra depois abandonar as **colónias** pros **pretos**, assim, de mão beijada, e que precisasse de alguma coisa era só chamar. Esgotado, enfiei debaixo das cobertas e despenquei no sono, e, mais tarde, espertando zonzo, extraviado das horas, em local incerto e escutando vozes estranhas vindas não sei daonde, pensei, em desespero, "Serginho, no mínimo você está morto", e abateu uma tristeza, dificilmente iam me achar ali, ninguém sabia do meu paradeiro, enterrado como indigente, jogado numa cova rasa e sem identificação, eu, que sonhava com uma cerimônia bonita, missa de corpo-presente, todo mundo de luto (homens de terno escuro, mulheres de véu preto), caixão de madeira, alças douradas, quatro castiçais com velas graúdas, túmulo de mármore com retrato e inscrito o nome, a data de nascimento e a de falecimento, discurso celebrativo da minha pessoa, e muito, mas muito choro mesmo, porque, afinal, o defunto merece, e lembrei do coitado do Pierre, aguentando as maledicências do povo, um vexame o pai mal desembarcar em Portugal e já ir morrendo, sem quê nem porquê, e, cada vez mais deprimido, virei pro canto e ferrei no sono de novo.

Dia seguinte, levantei cedo, agasalhei bem, e, disposto a procurar o *contato* que o seu Oliveira tinha passado, desci, deparei com a recepção abandonada, tilintei a campainha uma, duas, três vezes, esperei, e, como não aparecia ninguém, toquei de novo, impertinente, até surgir uma senhora de cara amarrada, enxugando as mãos no avental, gritando mal-humorada que não era surda, sem graça falei bom dia, ela não respondeu, repeti, mais alto, ela ignorou perguntando o quê que eu desejava, expliquei nada não, só que, como não havia *ninguém* no balcão, achei perigoso, *alguém* podia entrar, roubar qualquer coisa, a velha olhou pra mim, com raiva, disse, "Isso aqui não é o Brasil não, ó estúpido!", e voltou a praguejar, brava, saí de fininho, e desde aí a dona Palmira inimizou comigo, quando passava por perto me excomungava, me esconjurava, no começo ficava chateado, ainda tentei puxar assunto, conversas-fiadas, salpicando um elogio aqui, uma louvação ali, mas ela não fartava de falar poucas-e-boas de mim pros outros hóspedes, invencionices pra prejuízo meu, e graças a deus o seu Seabra não combinava muito com ela, fazia de-tudo pra contrariar a mulher, se ela me depreciava, ele me tratava com decência, se ela me espicaçava, ele me animava, e desci a rua, e, especulando, alcancei a beira do Tejo, uma ignorância tanta água, perto dele o infeliz do Pomba parece corguinho, comprei um cartão-postal pra exibir praquele povo incréu de Cataguases, mas às vezes fico pensando, acho que não vou mostrar não, pra que humilhar o pobre do nosso rio?, capaz de até adoecer, secar, a gente nunca sabe a reação das pessoas, e nisso bati-cabeça o dia inteiro, zanzando de um lado pro outro, avaliando aqueles bitelos de navios ancorados, indagando de uma tal de rua do Vilar, cada hora recebendo uma informação desencontrada, e, quando veio a noite, esgotado, desisti, e, puto, joguei fora o endereço, certo que o seu Oliveira tinha caçoado de mim, também, *devia já saber*, o que ele ganhava me ajudando?, nada!, e cresceu uma raiva por ter feito papel-de-bobo, devia estar morrendo de rir lá agora, contando o feito pros pinguços do Beira Bar, a Taquara Preta inteira zombando de mim, "Ah, ah, ah", tem problema não, raciocinei, já dobrei inúmeros obstáculos, não ia ser esse agora a impedir de atingir meu objetivo, pensam que sou palhaço, pois então paguem pra ver, retiro é força das minhas desventuras, e sentei numa **tasca**, que é como chamam o botequim, não havia nem almoçado ainda, pedi um prato-do-dia, **borrego** assado, mais três copos de vinho *da-casa*, e aos poucos baixou uma saudade danada da época que eu fumava, e passou pela minha cabeça comprar um maço de cigarro, o doutor Fernando nunca ia descobrir, ali, tão longe, mas foi só pensar nisso, e a voz dele protestou, "Quê isso, Serginho! Vai decepcionar agora as milhares de pessoas que acompanham há anos seus hercúleos esforços?", ô raio, sô!, e, muito depois, expondo essa história pro Jerê, colega brasileiro que ganha a vida tocando violão e cantando num bar da praia de São João do Estoril, "Isso, rua do Vilar, perto do cais do porto", ele, sujeito viajado, que até a Espanha conhece, comentou que esse lugar existe sim, mas fica perto do cais do *Porto*, cidade do norte do país, dizem que bela e acolhedora, nunca estive lá, e, apatetado, recuperei o seu Oliveira pro meu rol de pessoas dignas, ele que, por uma data, frequentou o Inferno, e acho mesmo que até saiu de lá meio sapecado, o coitado.

Desacorçoado, gastei outros dois dias trancado no quarto, sem ânimo nem pra comer, o sol numa preguiça danada pra esquentar, tomar banho, de jeito maneira, os beiços rachados, o nariz estilando, as mãos e os pés doendo de gelados, rondava de um lado pro outro arqueado, como se carregasse um saco de sessenta quilos na cacunda, e fustigava, *besta!*, quem mandou seguir a cabeça dos outros!, bem que minha santa mãe, que Deus a tenha!, me dizia, se conselho fosse bom, ninguém dava, *vendia*, me martirizava por causa daquela bobajada, e agora, fazer o quê?, confesso que pensei até em arrumar as coisas e regressar, admitir que aquele empreendimento não era pra minha estatura não, que importava se rissem do meu fracasso?, não havia sido assim até o momento?, se quisesse fechar a conta, calcular o deve e o haver da minha existência, o saldo ia ser negativo, não tem como despistar a verdade, depois de uma fase, motivo de chacota da cidade inteira, talvez mesmo da região, outras estupidezes mais curiosas iam aparecer, as pessoas esqueciam, o que sustenta a piada é a novidade, um ano e ninguém mais ia recordar a minha desastrada viagem, mas aí boiavam os *compromissos* assumidos com o povo, as lembrancinhas pra um e outro, a palavra empenhada com o Ivan Cachorro Doido de humilhar aquele corretor metido a sabichão, a promessa de ajudar a pagar a faculdade do Leo, meu sobrinho (se ele por acaso quisesse manter estudando), e principalmente o desejo de cevar uma poupança pro Pierre, quando perguntassem, "E seu pai, Pierre?", ele podia responder, peito estufado de orgulho, "Em Portugal, cuidando do meu futuro!", ah, isso sim me empurrava pra frente, e então, refeito, desci, recostei numa das duas poltronas da recepção, bem encolhido pra dona Palmira, se aparecesse, nem me notar, e, buscando tomar pé da situação, distraía a cabeça olhando o tapete no assoalho, o quadro com uma moça vestida à antiga pastoreando ovelhas, a parede descascada, o vaso de flor pisando macio a toalhinha-de-renda na mesa-de-centro, e um recipiente, perto da porta, que, descobri, serve pra botar guarda-chuva (cheguei da rua debaixo de um aguaceiro, fechei o guarda-chuva, e, pensando em expor ele no quarto pra secar, subi a escada ligeiro, deixando pra trás um rastro molhado, quando a dona Palmira, feita caninana, num bote me acercou, braços em cruz, sibilando, impedindo a passagem, gritando coisas que eu não entendia direito, um escarcéu, até surgir o seu Seabra berrando pra mulher calar, pegou o guarda-chuva, enterrou no recipiente, que nem uma colher na gelatina, e, bravo, agitado, xingando, falou pra, vindo da rua, deixasse o **chapéu-de-chuva** ali, sempre, porque se não a *diaba* perdia a cabeça, instalava a arruaça, "Ela é louca, senhor Sampaio, não vê?"), e de repente um sujeito me cumprimentou simpático, levantei, "Você é brasileiro?", confirmou, e, satisfeito, eu disse, "Puxa vida, que bom encontrar alguém que fala a mesma língua da gente", apertamos as mãos, "Sérgio de Souza Sampaio, às suas ordens", apresentei, "Rodolfo...", não entendi o sobrenome, e convidou pra tomar um café, andamos umas duas quadras, paramos num Segafredo, e ele contou que era do interior da Paraíba, esqueci o nome da cidade, e morava em Lisboa mais de quatro anos já, de começo tinha hospedado no Hotel do Vizeu, mas agora dividia um apartamentinho na Damaia com um colega, o Jerê, e de vez em quando vinha visitar o seu Carrilho, um português **reformado**, que tinha passado a maior parte da vida no Brasil e que ajudou muito ele no princípio, aconselhando, ensinando, incentivando, e de gratidão levava pra ele uma coisa ou outra que estivesse *precisando* (descobri, depois, que tratava de revistas de sacanagem, que o velho colecionava, mas, por vergonha, evitava comprar, achava *indecente*), e me deu endereço e telefone, que não desanimasse não, aos poucos as coisas ajeitavam, se ficasse sabendo de alguma vaga deixava recado pra mim, e insistiu em mostrar um pouquinho daquela parte da cidade, e caminhamos, o vento frio uma gilete, ele apontava um prédio, uma paisagem, um beco, e explicava, mas eu não entendia quase nada, ele na frente, o rosto embrulhado num cachecol, as palavras saíam abafadas, se perdiam, eu, atrás, ouvia apenas "Aqui é o", "Lá embaixo, está vendo?, é a", "O povo daqui é", "Você tem que tomar cuidado com", "Olha o".

Ia adoecendo com a friagem, comprei luva, meia, touca, blusa, camisa e calça, tudo de lã, e isso em plena primavera, como informou o seu Carrilho, "Prepare-se para o inverno, rapaz", de quem acabei chapa, um tipo que gosta dos brasileiros e detesta os conterrâneos, sempre que pode fala mal, por tudo e por nada, traumatizado com os **patrícios**, "Cheguei a estar rico na tua terra", onde desembarcou sozinho, de navio, com doze, treze anos, "Menos um para passar fome na aldeia", um irmão da mãe recebeu ele em Santos, começou a trabalhar, três horas da manhã o tio acordava ele, arrancando a coberta no frio, estapeando no calor, pra amassar o pão e depois atender os clientes, todos os dias, sábados, domingos e feriados, um regime tão penoso que nem o bairro conhecia direito, e, quando fez dezesseis anos, encorpado e vivaz, desentenderam, porque queria ser tratado que nem gente e foi chamado de *ingrato*, forte, esbanjando saúde, quarto e comida de graça, reclamava do quê?, ameaçou mandar ele de volta pra miséria de Trás-os-Montes, e, diante do terrorismo, acabou fugindo, *com a roupa-do-corpo*, pra São Paulo, onde outro **patrício**, percebendo no menino um *bruto*, recolheu ele, assinou carteira pagando salário-mínimo, instruiu na feitura de diversos tipos de pão além do francês, pão-careca, pão-de-açúcar, pão-de-forma, pão-de-leite, pão-de-banha, pão-italiano, pão-preto, pão-sovado, pão-saloio, pão-de-batata, croassã, "Mas", autonomista, endividou pra adquirir uma padariazinha falida no Jardim Japão, que, reformada, angariou ampla freguesia, passou ela pra frente pra comprar outra, mais bem localizada e maior, na Vila Maria, e que, mais tarde, também negociou por uma na Casa Verde, e, entre lucros e prejuízos, a vida escorreu, e, mesmo sem tempo, contraiu matrimônio, teve um casal de filhos, "Antônio José, médico formado, e Cândida Maria, jornalista", e, quando faleceu a mulher, se viu desnorteado, cinquenta anos de Brasil sem nunca tirar férias, frequentar restaurante, nada de festas, praia, gastou os dias conferindo feixes de lenha, sacos de farinha-de-trigo e maços de notas, desconfiado de que era roubado pelos empregados e arrumando jeitos de sonegar o governo, e percebeu que estava sozinho, o rapaz pouco via, pediatra em Ribeirão Preto, a moça casada com um sujeito, também jornalista, com quem não se dava, e então anunciou uma longa ausência, pôs os quatro imóveis nos nomes dos filhos, deu uma procuração pra outro *compatriota* tocar a padaria, agora na Freguesia do Ó, e ba-

48

teu-pernas atrás dos parentes, aldeia de Algoso, distrito de Bragança, mas já ninguém sabia dos Carrilhos, "Espalhados sabe Deus por que terras", referências vagas a Angola, Moçambique, até mesmo ao Brasil, mas nem a casa onde nasceu estava mais de pé, e, assim, "Sem passado e sem futuro", rezou na igreja de Santo Antônio, em Lisboa, e rezou na igreja de Santo Antônio, em Pádua, na Itália, cumprindo promessa, e visitou o Vaticano, quando chorou ao ver, lá-longe, o papa João Paulo II, no meio da multidão, espremido na praça São Pedro, e, algum tempo depois de retornar, descobriu, apavorado, que o tal patrício, mancomunado com seu genro, tinha dado um desfalque, e que estava falido. O que fez com os filhos-da-mãe, ele não conta, só que mora tem seis anos no mesmo quarto no Hotel do Vizeu, de onde avista roupas quarando nas janelas e gatos gordos ressonando desde sempre, dedicado, como diz, a arrastar os últimos dias *com a teimosia dos jumentos*.

Foi o seu Carrilho que indicou o Ao Recanto dos Caçadores, três quadras à direita de quem desce, difícil adivinhar a tasca atrás daquela porta espigada, solteira, estropiada, um balcãozinho sebento mal comportando a caixa-registradora do tempo-do-epa, uma escada estreita e custosa que dava num porão baixo, mesinhas cobertas de ordinárias toalhas de papel, cartazes do Benfica de várias épocas, emoldurados e envidraçados, chão de muitas lavagens, e comida barata, o dinheiro escasseando e nada de serviço, o que me deixava numa situação de desespero, pensei até em fazer uma doideira, tomar veneno ou pular da ponte Vinte e Cinco de Abril, e, mais pra distrair a cabeça, chegava cedo e comia devagar, prestando atenção na freguesia, por exemplo, o sujeito que sempre sentava no mesmo lugar, numa das duas únicas janelas que davam pra rua inclinada. Ao meio-dia em ponto o seu Frade, o dono do estabelecimento, dispunha uma taça de vinho-tinto e uma cestinha de pão pro Poeta, como chamavam ele, baixo, magro, branco-branco, cabelo lambido escorrendo casposo nos ombros, olho castanho, desatento, encovado de pesadelo, vestimenta preta, calça, meia, sapato, casaco, só a camisa alvejada, amassada, e, calado, acomodava o corpo, abria um caderno grosso, bebericava, distante, e a caneta-tinteiro, que dançava no ar, meditativa, de repente pousava e rabiscava alguma coisa, *possuída*, e repetia isso até a uma hora, quando o seu Frade pessoalmente colocava o prato-do-dia na frente dele e falava, Como vai o nosso Poeta?, sem aguardar a resposta que não vinha. Depois do almoço, que durava meia-hora, pouco mais ou menos, no meio da fumaça de cigarro e de gordura, começavam a aparecer os *discípulos*, que, acotovelados em sua volta, berravam coisas inteligentes, aumentando a zoeirama de garfos e facas e pratos. Uma vez, seu Frade, que no final do expediente aderia à conversalhada, disse pro Poeta, apontando pra mim, "É brasileiro, o **gajo**", e notei que ele tinha em alta conta o nosso povo, porque de imediato virou e pediu, "Enuncie alguma coisa, ó brasileiro, quero ouvir a música da tua fala", e eu, que nunca cantei, expliquei, "Rapaz, sou passarim na muda!", e ele, curioso, indagou da minha região, porque não compreendia *patavina* do meu sotaque, "De Cataguases, Minas Gerais, terra de gente ordeira e trabalhadora", respondi, e ele gargalhou, e os comensais **troçaram**, e até eu

50

ri pra agradar o Poeta. Daí, todas as vezes que me via, requeria que eu palestrasse um pouquinho com o pessoal pra escutar meu **acento** e se divertir, "Estes brasileiros!", no que, após, contente, recuperava o debate com seus pares. De vez em quando aparecia um mais-velho, que, ao apontar na escada, todo mundo levantava, devia de ser importante, porque brigavam pra ver quem cedia primeiro a cadeira pra ele: cabelos brancos raleados, compridos, crina de cavalo esbandeirada no vento, alto, parco de carnes, roupa desmilinguida, apalhaçada, não comia, beliscava umas besteirinhas, mas bebia e fumava com ardor e, impaciente, de pé, gesticulava bíblico, amaldiçoando não sei o quê e nem quem, e, não fossem os palavrões, lembrava um pastor dos crentes em noite de poucos donativos, e, sem pagar nada, logo ia embora, cometa, montoeira de livro debaixo do sovaco, largando um silêncio de cemitério, tão cerrado que, mudos, cada qual buscava seu rumo. Uma vez, desencabulei e especulei do seu Frade quem era aquele fulano que todo mundo puxava-o-saco, e ele, fora-de-si, só faltou me bater, gritando, "O Lopo Garcia?! É a Ideia Viva de Portugal", "O Mais Capaz de Todos os Concidadãos", "A Alma Ambulante da Vida Cultural Portuguesa", e que só desculpava minha *ignorância* porque eu era brasileiro, mas que anotasse o nome, pois muito ainda "Haverá de ouvir dele", que estava tramando o "Grande Livro", que ia ocupar com destaque todas as **montras** das livrarias, um negócio definitivo, e, vermelho, sem fôlego, achei que ele ia ter um troço. Acudimos ele e, depois que engoliu uma **bagaceira**, ponderei, preocupado, que, se o homem, já *meio-passado*, não terminasse logo a tal obra, não corria o risco de morrer antes de usufruir do sucesso? E o seu Frade, evocando a paciência dos santos, todo trêmulo, "Ó **energúmeno**", quem liga pra isso?, "Quando morrermos todos, e morrerem os nossos filhos e os filhos dos nossos filhos", gaguejava exaltado, ele ainda "Há de ser lembrado", e fiquei impressionado, porque não sabia nem mesmo o nome dos meus avós direito, aliás, meus tios, por parte de pai, lá das *grotas*, conhecia apenas de apelido, Ti'Zé da Mina, Ti'Onofre Ferrador, Ti'Elmo Verdureiro, Ti'Perdoado... Um dia comentei com seu Carrilho, todo orgulhoso, que era amigo do Poeta, e ele deu de ombros, "Meu filho, todo mundo nessa terra é poeta, até eu sou", no que fiquei boquiaberto, porque nunca tinha imaginado o seu Carrilho debruçado numa mesa, descabelado, tocaiando a *inspiração*, e continuou, "Poetas sem livros... todos...", aí perguntei quem sustenta esses **tipos**, passam o dia inteiro à toa e sempre têm o de-comer, e ele explicou que *aquele* Poeta era descendente do marquês de Alva, "Tem sangue azul", mas não tem dinheiro, só passado, "E vive *mesmo* do passado", passeia pelos **alfarrabistas** bateando edições antigas de grandes escritores portugueses, pra depois, imitando a firma deles, *autografar* os livros e revender, multiplicando o preço vinte, trinta vezes... Aquele caderno dele "Não é um rascunho de poesias", mas um bloco de exercício de falsificação de assinaturas... E eu fiquei pasmado com tanta esperteza!

Mais pouco tempo frequentei o Ao Recanto dos Caçadores. Um dia, jururu, afundado numa das duas poltronas da recepção do Hotel do Vizeu, passava os olhos nas notícias do

Correio da Manhã que o seu Seabra, depois de ler, abandonava na mesa-de-centro, todo desfolhado, quando ouvi o telefone tocar, e o **verdiano**, descendo a escada, atender, "Ó **brasilêro, pa bosê**". Levantei, o Rodolfo, "Lembra de mim?", cobrava que tinha deixado recado, "Não recebeu?", Ah, a desgraçada da dona Palmira!, "Bom, o caso é que" o Jerê estava sabendo de uma vaga de garçom num restaurante no Bairro Alto e que, se quisesse, o emprego era meu, mas devia ir sem-falta procurar um tal de seu Peixoto, o que fiz imediatamente. Cheguei bem na hora do almoço, mas não testemunhei movimento nenhum no local, uma portinha modesta, desconfiei até de endereço errado, mas o nome na tabuleta, O Lagar do Douro, e a esquina, rua da Atalaia com a travessa dos Fiéis de Deus, desmanchavam as dúvidas, um balcão refrigerado cheio de **frutos do mar**, garrafas de vinho espichadas nas prateleiras, uma abertura que dava pra cozinha — tudo que adivinhava por uma fresta. Então, pra fazer hora, zanzei ao léu da rua da Rosa ao Elevador da Bica, desci a rua do Loreto esbarrando num e noutro rumo à praça Camões, invejoso, admirei de longe a turistada no largo do Chiado, aformosados, numa algazarra de coleirinhos em viveiro, e, desgostoso, subi pela calçada estreita da rua da Misericórdia até estacar, repentino, na frente da igreja de São Roque, uma aflição no peito, uma mágoa empedrada, e, de-afoiteza, entrei, o silêncio friento me acolheu, amparando meu cansaço, e, comovido, ajoelhei e recordei a finada minha mãe, o finado meu pai, o Pierre, os amigos e parentes agora tão distantes, e clamei pra que Deus auxiliasse aquele momento difícil de solidão e arrependimento, que Ele providenciasse logo uma colocação, porque o dinheiro escasseava, mal dava pra bancar o aluguel do quarto e o almoço, minha única refeição, rifados o café-da-manhã e a janta, por demanda de economia, andando a pé pra cima e pra baixo e negaceando dos fiscais nos **eléctricos** e **autocarros**, e prometi mundos-e-fundos, até mesmo peregrinar a Aparecida do Norte de-a-pé, porque as noites incendiavam meu estômago vazio, estumando a vigília, eu escutava a barulhama do assoalho veterano e rinchador, e me vinha à cabeça o destino do Baptista Bernardo, vizinho de parede, escravo de uma muleta *compensatória* da perna esquerda, que deparava, de vez em quando, a desoras, ninando o casalzinho de filhos que ressonava num **edredão** estendido atrás da poltrona, onde, sentado, os fones do uálquemen pendurados nas orelhas, ouvia, autista, a **kizomba**, a música lá-deles, e especulei do seu Carrilho se o angolano e a mulher desentendiam muito, e ele, respondendo "Ao contrário, vivem bem", ficou abestalhado com minha cegueira, *todos* sabiam que, quando o Baptista Bernardo refugiava lá embaixo com as crianças, é porque tinha arranjado freguês pra mulher, uma africana alta, magra e sorridente, conhecida minha de **bons-dias**, e abismado perguntei como alguém pode sequer pensar em *alugar* a própria esposa, e seu Carrilho, filosofando, "É a miséria, filho, a miséria", e contou que o Baptista Bernardo tinha perdido a perna uns vinte anos atrás, quando, menino, pisou numa **mina** escondida no meio da lavoura durante a guerra entre Portugal e os **independentistas**, e que, perneta, não pôde nem sequer estudar mais, porque a escola era longe da aldeia, e, quando

54

casou, pensando no futuro dos filhos, debandaram pra Lisboa, sem dinheiro e sem emprego, e, pra não morrerem de fome, a mulher prostituía, com o consentimento do marido, responsabilizando pelo pagamento das despesas do mês, e, graças a esse *expediente*, os **alfacinhas** usavam **bibes** do Jardim de Infância Santo Condestável, falavam português corretamente, proibidos de usar o **umbundo** em casa, e, verdadeiros cidadãos, iam ter a chance de ser alguém na vida, coisa que os pais não eram em Portugal e nunca tinham sido em Angola, onde, isso ouvi da boca do Baptista Bernardo, os que ganharam a guerra, a *elite*, mandavam os filhos **fazer banga** em Lisboa, e eles **faziam**, moravam nos melhores bairros e desfilavam nos melhores carros e comiam nos melhores restaurantes e vestiam as melhores roupas das melhores *marcas*, dilapidando o dinheiro dos diamantes e do petróleo, roubando o país como os **tugas** antes, e o povo, na mesma pobreza, enfiado nos **musseques**, nas **sanzalas**, à míngua, e fiquei tão impressionado que até desisti de perguntar quanto ele cobrava pela mulher...

A função n'O Lagar do Douro começava pelas três da tarde, com a montagem das mesas, umas coladas nas outras, e só acabava na hora que não tinha mais ninguém *decente* circulando no Bairro Alto, só prostituta, travesti e drogado. Os cinco tocávamos o negócio, seu Peixoto, o dono, homem de muito mando e poucas palavras, sempre asseado, cheiroso e barbeado, impecável na camisa branca com monograma bordado no bolso, calça e sapato pretos, cordão de ouro enganchado no pescoço, acantonado no balcão recebendo e despachando os pedidos, que, vez ou outra, inspecionava a correção de tudo, passeando por entre a freguesia, por obrigação, não por gosto, porque, envergonhado por não saber outras línguas, saía cumprimentando ligeiro a gringalhada, suando e balançando a cabeça pra cima e pra baixo, que nem doente-dos-nervos, e repassava essa parte de prosopopeia pro convencido do Anatólio, um garçom ucraniano louro de olho azul, que entendia o diabo de tudo quanto é idioma estrangeiro, aparecia alguém grunhindo esquisito, ele, cheio de salamaleque, já laçava o sujeito, simpático e feiticeiro, fosse o que fosse, americano, japonês, francês, alemão, italiano, espanhol, colocava sentado na mesa, empurrava a entrada de pão, azeitona e patê, destrinchava a **ementa**, sugeria o vinho e a sobremesa, e encarava com soberbia os colegas dos outros restaurantes que disputavam a clientela, sem domar no entanto a dona Celestina, a cozinheira, que resmungava, implicante, que ele era é um **finório**, "Ele inventa", não fala nada, "Se até o português dele é pior que o teu", comparava, mas ela era uma reclamona, cismada com macacoas, "Olha as minhas pernas", e exibia os ninhos de varizes, e arranjava *terríveis* dores de estômago, tanta coisa boa "E só posso ter **às papas**", e *mortificantes* enxaquecas, "Desde **miúda** não me sossega a cabeça", e mãos *chamuscadas*, vista *curta*, e isso e aquilo, e despedia semana sim semana não, um **fastio** que só vendo, mas o seu Peixoto, parece, meio aparentado dela, aguentava calado, acho que nem ouvia mais as lamúrias, e acabava sobrando pro Nino, coitado, um guineense retinto, pau pra toda obra, que armava e desarmava as mesas, descarregava os legumes, as verduras, os peixes, os frutos do mar, as carnes, os vinhos, lavava o chão e as **casas** de banho, o primeiro a chegar, o último a sair, e mesmo assim tratado aos pontapés, principalmente pelo Anatólio, que não escondia a aversão por **pretos**. Como o salário era bom, retomei os planos de, descontada a *pensão* pra Noemi e pro Pierre, economizar ao máximo pra ir embora logo, comprar umas casas em Cataguases, viver de aluguel, fazendo nada o dia inteiro, subindo e descendo a rua do Comércio, sentar na praça Rui Barbosa pra conversar fiado, jogar porrinha, ver o mulherio desfilar, o povo, ensardinhado dentro dos ônibus, respeitoso, me cumprimentar, Boa tarde, Serginho, Serginho não, seu Sérgio, Boa tarde, seu Sérgio, não, não, Doutor Sérgio, Boa tarde, Doutor Sérgio, quem sabe candidatar a vereador, entrar pro Rotary ou pro Lions, virar gente importante, frequentar o Clube do Remo, aparecer na coluna social do Cataguases, abrir um negócio pro Pierre, um *sacolão*, se ele quisesse, ou então uma lã-rause, que parece que está dando dinheiro agora, mas em-antes eu tinha que melhorar meu desempenho. O Anatólio, com mais tempo de firma, tirava o pedido, todo janota, e pra mim sobrava desarrolhar as garrafas, trazer e recolher os pratos, sacudir as toalhas, e, como só ele podia receber o pagamento, pegava a gorjeta, e enfiava no bolso do avental preto que a gente usava em cima da camisa branca, calça preta e sapato preto, que o seu Peixoto todo dia passava em revista pra ver se tinha mancha, se estava amarrotado. Eu ficava chateado porque no fim da noite o Anatólio juntava uma quantidade danada de euro, em pratinha e nota, e ia embora sem dividir nem um centavo, sendo que eu também ajudava o povo a gostar do serviço. Uma vez reclamei com o seu Peixoto, ele disse que lavava as mãos, que o sistema era aquele, o Anatólio é que fazia as *honras da casa*, tinha direitos, "Não fosse ele a abordar os clientes", não tinha dinheiro nem pra me pagar. Então, comecei a prestar atenção no que ele falava e, orelha em pé, dediquei a aprender a conquistar a gringalhada, estumando a ciumeira do ucraniano, porque, não é pra me gabar não, mas em dois tempos eu já encostava naqueles brancalhões e desatava o meu inglês, Rei ser, Rei mádam, Ria chípe fude, gude fude, uaine, fiche, mite, têm-quíu (obrigado, dona Gilda, minha professora no curso noturno da Escola Estadual Guido Marlière, inesquecíveis as aulas naquelas salas verônicas, onde a gente repetia as lições achando que nunca iam servir pra nada, e ali, agora, tão distante da pátria, eu entendia o esforço que a senhora fazia pra enfiar na cabeça daqueles imbecis a importância do verbo *tubí* e a pronunciação certa das letras do alfabeto: êi, bi, ci, di, i, efe, di, êidi, ai). Se não tivesse sido mandado embora de lá pouco depois de completar um ano, eu ia virar um novo Anatólio, lascando meu Dídi iú enjói it? pra cima da freguesia.

Por essa época que eu conheci a Sheila. Andava *apurado* e, quando meus dedos roçaram as notas da primeira poupança, chamei num canto o Nino e especulei discreto onde podia arrumar uma, quer dizer, alguém, "Você entende, né?", já nem lembrava mais de como bajular um rabo-de-saia, e ele, alardeando a dentadura branca-branca, riu, lá na língua dele, **"Un son mon ka ta toka palmu"**, e conselhou um lugar, e, numa segunda-feira, folgado das funções d'O Lagar do Douro, segui pra rua Conde Redondo, passarela de travestis e prosti-

58

tutas, tudo tão misturado, que, deus que me perdoe, a gente indistingue quem é o quê, brasileiras e africanas, mas também umas *parentes* do filho-da-mãe do Anatólio, e adentrei a **casa de alterne**, salão escuro, esfumaçado, parca frequência, uma moça oxigenada dançava um strip-tease em cima de um estrado, a caixa de som estalando a sussurraria do Je t'aime... moi non plus, música de sacanagem que eu conhecia da minha infância, tinha num disco de capa verde, Erótica!, que o tio Zé-Carlim punha pra rodar na eletrola, afrontando meu pai, com quem antipatizava, pra desespero da minha mãe, coitada, que corria a botar panos-quentes na litigância, e sentei numa mesa, pedi cerveja, cinco euros!, quase caí pra trás, um roubo!, mas já-já achegou uma alemoa, mais comprida que eu, cabelo afogueado, olho azul-azul, corpo leitoso transbordando da roupa brilhante, pousou na cadeira, toda simpaticona, e estumei a conversa, declarei que era brasileiro, "Brazílian", repeti, porque percebi que ela não manjava muito da nossa língua, empurrei um copo pro lado dela, mas ela preferiu uma beberagem colorida que custava os olhos da cara, e aquilo me enjerizou, desgramada!, mas, puxa vida, nunca em toda a minha vida tinha estado perto de uma mulher assim, tão, tão, sei lá, lembrava uma estrela de cinema, uma atriz de televisão, faria bonito na casa de qualquer rico do Brasil, e eu ali, encostado nela, já imaginando nós dois desembarcando, casados, em Cataguases, o povo em roda se empurrando pra avizinhar da gente, "Serginho, caralho, onde arrumou esse monumento?", e eu, aborrecido por relatar *mais uma vez* a mesma história, "Paixonou comigo, largou tudo pra me acompanhar... Por mim, muita responsabilidade... Mas, fazer o quê?", porque eu estava todo prosa, enjoado mesmo, metido numa roupa nova adquirida numa lojinha perto da estação do metrô Alameda, mas, quando veio a segunda dose daquela misturagem, perdi as estribeiras, preocupado com o engrosso da despesa, arranhei a garganta, e, esfregando o fura-bolo no dedão, resolvi, "Ráu matche?", no que ela engrolou, "Carrenta errôs", puta que pariu!, dinheiro pra chuchu, assim nunca ia conseguir poupar nada, quis pechinchar, mas ela não entendeu bulhufas, ainda tentei arrastar ela pro meu quarto na Madragoa, já era uma economia, "Mai rum", expliquei, mas ela disse qualquer coisa que não percebi, paguei a conta, arrependendo daquela asneira, e marchamos, eu amuado atrás dela, até depararmos um prediozinho na rua Ferreira Lapa, ela pegou a chave com a **porteira**, uma velha mais feia ainda talvez pelo adiantado da hora, subimos uma escada rangedeira, entramos num quartinho com uma cama estreita de casal, ela apagou a luz, e em menos de meia-hora eu já encaminhava de novo na calçada, sozinho, sem sequer um parecer sobre como tinha me saído, se havia agradado, se o sucedido correspondia ao desejo dela, coisas, enfim, importantes pra um homem raciocinar depois de deitar com uma mulher. E, nessa murchez de ânimo, zanzei pelo Coração de Jesus, parte da cidade que não dominava, até que, denotando meu *extravio*, dobrei o orgulho e aceitei amolar alguém que pudesse me indicar a volta pra Madragoa, e, pra não ser enganado, que não sou trouxa, no meio de muitas selecionei uma *meretriz* que, mesmo amontada num sapato de salto alto, mínimo vestido grudado no corpo, demonstrava um verniz de decência, bati no ombro dela, "Aqui", e a cabeleira castanha-clara desguiou a cara borrocada de ruge, olho ensombreado de azul, lábio pintado de vermelho, "Meu Deus", e, num tremelique, "Um conterrâneo", me agarrou, sufocando com o fedor de perfume, sempre amarguei uma alergia desgraçada, minha garganta fecha, ausenta ar do pulmão, namoricos adolescentes desceram por água abaixo causa disso, "Querido, você está bem?", e eu, lábios arroxeados, sinalizava pra ela desafastar, "Meu deus", e, no entremeio do tumulto que formava, "Carrega este filho-da-puta daqui", se não surge a polícia, recuperei o fôlego, demudei de cor, "Calma", e, engolindo a aragem da noite, estendi a mão pra ela, agradecido pela preocupação, "Serginho, muito prazer", e ela, assustada, "Quê que aconteceu?", sem graça falei, "Nada não, besteiragem", e, então, aliviada, apertou minha mão, "Sheila, muito prazer também", "Quer dizer que você é brasileira?", "Brasileiríssima. E você é mineiro", "Ué, como é que você sabe?", "Só mineiro fala 'Aqui'", e gargalhou entre dentes alvos, bem-feitos, sem falhas, que revelavam uma origem de moça-de-família, como eu suspeitava, *dificilmente* erro nos julgamentos, e, impensado, apelei pro meu lado cavalheiresco convidando ela pra comer alguma coisa, "Já jantou?", e, assim, pega de supetão, ela balangou a cabeça, "Não é assim", precisava trabalhar, e, ajuizados, meus dedos alisaram as notas que sobravam no bolso, mixaria, exigindo um recuo na mesura sob pena de avexamar, e ela, "Você não quer... ficar comigo?", e encabulado dei parte de que, digamos assim, já tinha me satisfazido, "Entende?", desculpei, manifestando, todavia, intento de rever ela, "Labuto num restaurante no Bairro Alto", O Lagar do Douro, que, quisesse, me encontrava lá, que ia ficar muito *contente* em poder divulgar a cidade com ela, "Qualquer dia", ela pareceu cativada, e, então, aspirando fundo, "Sheila, acho que estou meio perdido", indaguei como sair daquele labirinto enfantasmado.

Não se furtou em me procurar, a Sheila. Quando, na quinta-feira, dispúnhamos as mesas, eu, o Nino e o Anatólio, raiou graciosa na esquina, dama irreconhecível ostentando a decantada beleza goiana, me reclamando, e, pra evitar maledicências, devidamente autorizado pela impaciência do seu Peixoto, arredamos pra um canto, onde ela, três beijinhos no rosto, falou que, querendo, a gente podia se ver de novo, e me passou o número do **telemóvel**, "Você está devendo" um almoço, e eu, embestalhado, coração manco, pernas insuportando a carga do corpo, retornei, cabeça longe, nem anotei pra que lado ela abstraiu, demorou apenas o rastro vespertino dela no meu nariz entupido, e acorreram a especular, maliciosos, "Quem?" a **alterneira**, e, cara-fechada, tratei de proteger "Minha prima", e até do Nino obtive desconsideração, e o seu Peixoto decretou, "Puta", convocando grosseiro à faina, eu, controlando o juízo pra não esfolar a cara daqueles mequetrefes nos pés-de-moleque que realçam a rua, explanei pra dona Celestina, "Pessoa das minhas relações", e, ela, sempre encafuada na cozinha, ranzinzou, pra desconsolo meu, "Brasileira? Então é **rameira**". Manhã seguinte, anunciei a boa-nova pro seu Carrilho, ao depararmos no saguão do Hotel do Vizeu, "Cuidado", a gente nunca sabe o terreno que está pisando, "O meu caso, por exemplo", e reatou a safadeza que padeceu no Brasil, "Um **patrício!**", e, toda vez que relembrava do infortúnio, debruçava no abismo, bobeava ter um troço, a veia do pescoço espessava, o rosto colerizava, o lábio descorava, e ele, abalando de cá pra lá, cuspia palavrões subsistentes e inventados, maldiçoando aquela "**Escumalha**", e, após tomar uma **bica**, devidamente ouvido, larguei ele, e de um orelhão liguei pra Sheila e acertamos de almoçar na segunda-feira, *repouso lavoral*, desejo dela comer, "Arroz-com-feijão?", bati cabeça o resto da semana, indagando um e outro, "Onde" um **sítio** que na **ementa** exibisse um prato desses, Impossível!, arroz aqui tem vergonha, nunca anda desacompanhado, é **arroz de pato, arroz de marisco, arroz de gambas, arroz de polvo, arroz de tamboril**, e, feijão-preto, então, Complicado!, mas escavei uma **tasca** brasileira, próxima do metrô Saldanha, e, mesmo antevendo minha economia minguar, minorando as chances de retornar logo a Cataguases, decidi adiar um pouco o futuro, e arranchar ali, sem mais remorsos, *afinal*, quem sabe a hora extrema?, a gente pode ser atropelado na **passadeira** por um **autocarro**, ou de repente sofrer um ataque-do-coração ou um derrame desses que deixam o indivíduo retardado, ou então, ainda pior, a gente está bem, deita pra dormir, e, quando acorda, pum!, percebe que está morto! E a Sheila era uma pessoa, como se diz aqui, **bué da fixe**, desnudou inteirinha a vida dela na minha frente, os tormentos de garota nascida em Maurilândia, neta de garimpeiros sem pátria nem nome, cujo pai herdou o nomadismo e *sumiu* faiscando ouro na Serra Pelada, por ninguém nunca mais visto, desamparando a mãe e uma fieira de seis de-menor, ela, a caçula, de-colo ainda, que viviam regateando favor de fazenda em fazenda, até que assentaram numa plantação de soja de uns paulistas, em Riverlândia, distrito de Rio Verde, e por lá entatuzaram, os irmãos, na medida que encorpavam, engajavam nas lides roceiras, destino agravado pra ela mesma, não fosse, quando no segundo ano do colegial, participar de uma excursão pra Goiânia, objetivando versar sobre a capital do estado e desenvolver um trabalho escolar sobre os monumentos da cidade, ao Bandeirante e às Três Raças, e, naquele dia, uma sexta-feira, "Como esquecer?", vislumbrada com a movimentação, o agitamento, a gentarada nas ruas, deliberou fugir, e a conta de pôr os pés em casa, enfiar os trens numa bolsa, e, aflita, esperar manhecer a segunda-feira pra, invés de sufocar na poeirama do trilho da casa dos patrões, onde pajeava dois meninos enfezados, desguiar escondida pra BR-060 e rezar pra que alguém, de preferência de-fora, um caminhoneiro por exemplo, cedesse a boleia pra ela, mas quem despontou, pra mor dos pecados, foi o Santana preto do seu Olinto, muquirana que mercadejava miudezas em geral, estacionou no acostamento, aguardou, e, receosa de que, desconfiado, pudesse devolver ela, entrou tremendo no carro, bateu a porta, "Coloca" as coisas aí, ele ranhentou, apontando o banco de-trás, e acelerou, "Desertando, menina?", e, supondo a resposta, "Está certa, esse buraco aqui não é pra caboclas ajeitadas que nem você não", e, "Serginho", ela falou, a voz prisioneira, o garfo alevantado em falso, sem poder engolir, *naquele instante* atinou por que a mãe esconjurava a boniteza dela, nascida rica, "Uma mara-

64

vilha", agora, pobre, beirando a miséria, aquilo ia ser "Uma ruína", e o homem tagarelava, que, precisasse, capitalista, tinha *conhecimentos* em Goiânia, e desfiava nomes, "O deputado Chiquito Frutuoso?", meu amigo, o fulano?, o sicrano?, o beltrano?, tudo, esfregando o fura-bolo no seu-vizinho, *assim* com ele, o cheiro de eucalipto do carro, a Nossa Senhora da Abadia, amarrada no espelho-retrovisor, dançando na buraqueira da rodovia, e o seu Olinto arrotando vantagens, que isso, que aquilo, até, avistando a estrada pra Santa Helena, mudar a rota, embicar pelo descampado e parar sob uns pequizeiros, desligando o motor, "Menina, querendo, posso sustentar você", é só facilitar as coisas, e ela, apavorada, "Mas, seu Olinto, não está certo", e, ele, compreensivo, "Quê que não está certo, minha filha?", e, arfando, "Querendo, tenho condições", e tentava agarrar ela, beijar à-força, "Seu Olinto, a família do senhor", e ele, fora-de-si, "Menina, saio do sério", e, então, desesperada, escancarou a porta, afundou mato-adentro e, quietinha-quietinha, ficou de lá espiando. Não demora ele apeou, chutou com raiva um pedaço de pau, coçou a cabeça, "Ô, menina, é brincadeira", deixa de ser besta, volta aqui, o berro dele ecoava no silêncio do cerrado. "Menina", está me atrasando o expediente, e ela, acoitada, o pio das juritis. "Menina", a paciência está esgotando. E, ameaçativo, "Tem onça-pintada aqui. Ó, o ronrom". E, não logrando reação, ultimou, "Eu descontrolei, menina, só isso", levo você em paz. E ela, medo de permanecer sozinha, sitiada pelos bichos, matutando. "Jura por Deus?". "Por tudo quanto é sagrado", e beijou os dedos em cruz. Então, ressurgiu, "Olha lá, heim", pra alívio do seu Olinto, que, casmurro, dirigiu mais de duzentos quilômetros calado, e, na hora que desembaraçou dela na rodoviária, ainda enfiou a mão no bolso, ofereceu uns trocados pra "Ajudar no recomeço", e, "Hoje sei", estava é morrendo de medo "De eu delatar ele, o canalha", pessoa séria, pregoeiro de festa da igreja, "Essa papagaiada toda", um grande filho-da-puta, não respirou mais o ar de Riverlândia, nunca nem notícia da mãe, dos irmãos, também "Pra quê?", só desgosto, aquele marasmo, gente atrasada, infeliz, em Goiânia arrumou emprego, primeiro num armarinho na rua Quatro, trabalhava de dia e estudava de noite, sonhava formar pra professora de criança pequena, "Adorava criança pequena", e os olhos enchiam dágua, mas as coisas não eram fáceis, morava de pensão, até de-boca passava dificuldades, depois, quando virou atendente numa loja de roupa chique no Shopping Flamboyant e pôde dividir o aluguel de uma quitinete com uma colega, abandonou de vez aquela aspiração besta de entrar na faculdade, e durante alguns anos viveu como *a-deus-é-servido*, até que soube, por uma conhecida, de moças *recrutadas* pra Espanha, e a ideia passou a atentar ela, pensar no amanhã, viver uma temporada por lá, juntar dinheiro, voltar, estabelecer em Goiânia, um teto pra morar, um plano de saúde, casar não "Que homem nenhum presta", e, quando falou isso, apartei, queixoso, também não é assim não, "Tem muito", mas, sem reparar, ela tratorou, "E cá estou e etc.". Mas detestava aquela situação, a verdade é esta, deitar com desconhecidos em troca de trinta, quarenta euros, ir mais de uma vez pra cama numa única noite e outras jornadas amargar sem freguesia, fantasiava um emprego *decente* numa daquelas lojas da Baixa-Chiado, rua Augusta, rua do Ouro, rua da Prata, rua do Carmo, rua Garrett, ou da avenida da Liberdade, gastava tardes rondando as **montras**, cobiçando o trabalho das **empregadas de loja**, invejando as europeias esverdeadas de tão brancas, a japonesa só-sorrisos, arrastando sacolas entupidas de trens caríssimos, mas nem arriscava, o passaporte irregular, visto de turista, se pega, deportavam ela, sem ai nem ui, botavam ela num avião e, **adeusinho**, nunca mais, além do quê, parecia que estava escrito na testa Prostituta, onde entrava, tratavam ela mal, aos **chutos e pontapés**, como se portasse **sida**, ou lepra, e então, conformada, recolhia no seu canto, e é isso que me deixa cismado de que talvez os espíritas tenham razão mesmo, a gente está aqui neste *vale de lágrimas* é pra expiar os erros cometidos numa encarnação passada, porque, se não, qual a outra explicação?

Lisboa *cheira* sardinha no calor e castanha assada no frio, descobri isso revirando a cidade de cabeça-pra-baixo, de **metro**, de **eléctrico**, de **autocarro**, de **comboio**, de a-pé, sozinho ou ladeado pela Sheila. Com ela de-guia, visitamos um monte de **sítios bestiais**, o Castelo de São Jorge, o Elevador de Santa Justa, Belém (pra comer *pastel*), o Padrão dos Descobrimentos e o Aquário, na estação Oriente, um negócio onde o sujeito enlabirinta em um nunca-acabar de peixe, uns baitas de tubarões e arraias, e outros, bostinhas de nada, mais parecendo bando de passarinho avoando em-dentro dágua, um troço impressionante, fora a imundice de estrela-do-mar, ouriço-do-mar, medusa etc., e a geladeira dos pinguins **giras** e a piscina das lontras exibidas, mas o mais importante mesmo foi andar no **teleférico**, a Sheila toda boba, achando aquilo o máximo, o riozão embaixo, a ponte Vasco da Gama lá longe, um frio no estômago, lembrei da vez que fui no bondinho do Pão-de-Açúcar em-criança, excursão do primeiro colegial da Escola Estadual Professor Quaresma, um deslumbre, o Rio de Janeiro, a baía da Guanabara, o Cristo Redentor, as praias, a ventania, a tonteira, cada um voltou com um retrato estampado num prato-de-louça, escrito Lembrança do Rio de Janeiro, o meu, o motorista jogou minha mochila de qualquer jeito no bagageiro do ônibus, em casa descobri que tinha partido em três pedaços, minha mãe, coitada, grudou com cola Tenaz, ficou um serviço porco, mas guardei com afeição, anos a fio, até nem sei quando, deve de ter ido parar no lixo num sábado de faxina da dona Zizinha, e caminhamos pelo Parque das Nações enorme, sol acachapante, a cabeça latejando, sentei na beira de um corguinho pra desafadigar, descalcei os sapatos, pensei refrescar os pés ardidos, e de repente explodiu uma fonte me molhando a roupa toda, pulei assustado, a Sheila, adivinhando o malfeito, gargalhava de escorar a barriga, e, mesmo não agradando ver um casal com dois filhos, daquele povo branco, magro e alto, cabelo cor-de-palha, também rir de mim, os meninos apontando, picolé na mão, fiquei bem puto na hora, mas ainda assim, vendo a Sheila feliz, mesmo ela explicando depois que sabia de antemão dos *esguichos*, acabei achando graça na coisa também. E assim comovidos escolhemos uma **esplanada** pra beber uma **imperial**, comer uma **sandes**, e, conversa vai, conversa vem, tomamos mais um e mais outros, e o assunto transmudou, a tarde assoprava uma brisa quente, fomos tornando tristes, deprimidos, ela falou, "Serginho", preciso juntar muito dinheiro porque quero aparecer em Riverlândia por-cima-da-carne-seca, engranada, mandando e desmandando, pra mostrar pros *maiorais* "Que sou pessoa decente", tanto quanto as mulheres de lá, "Até mais", se bobear, "Porque eu tive que vir pra Europa *fazer a vida*", sem opção, "E muitas daquelas madames lá enganam os maridos porque são é umas sem-vergonha", e derramou a chorar, amorrinhada, e, eu, sem jeito, procurando fingir que estava tudo bem pra não chamar a atenção dos outros fregueses, danei a inventar bobiça pra consolar ela, o que só piorou a situação, passou a soluçar, então acheguei minha cadeira, rodeei o corpo dela com meu braço, e, sem saber mais o que fazer, propus, "Sheila, e se a gente *casasse?*", sem pensar, acho que fiquei com pena dela, aí ela levantou, catou a bolsa e saiu correndo, quis perseguir ela, mas antes tive, cara-de-tacho, de chamar o garçom, solicitar a conta, esperar, pagar, enfiar as pratinhas do troco no bolso, e escapei ligeiro atrás dela, mas logo percebi um guarda rondando, matutei, Caramba, se apressar, esse fulano pode querer enguiçar comigo, cismar que estou fugindo por causa de alguma burrada, aí me ferro, tenho trauma de soldado, desde aquela vez que estávamos fazendo uma serenata pra namorada do Arcanjo, em Cataguases, umas três horas da manhã de sábado pra domingo, alguém chamou a polícia, logo surgiu um camburão e, aos safanões, fomos pra delegacia, uma data numa salinha apertada aguardando o doutor metido-a-besta, que passou um sermão, chamando nós de tudo quanto é nome, vagabundo, desocupado, raça-ruim, ordinário, acusando a gente de estar importunando o sono do povo trabalhador, que acontecesse de novo e íamos ver o que é bom atrás das grades, que é o lugar de *neguinho à toa* etc., e, como estava clandestino, prossegui devagar, ordeiro, e na esquina parei, pesquisei, nem sombra dela, peguei o metrô, rabo-entre-as-pernas, voltei pro meu quarto de hotel, dormi, acordei com os barulhos da Madragoa. Sheila sumiu por bons tempos, respeitei a reação dela. Desacompanhado, aventurava ali e aqui. Encantado com a montoeira de restaurante da Baixa, gostava de circular pra comparar o movimento com O Lagar do Douro, observando como *atendiam* a clientela, o tipo de comida servida, os preços praticados, a frequência turística, enfim, tudo que ajuda a ilustrar o *ofício*, de tal maneira que cresci bastante como pessoa e profissional, embora hoje evite aquelas bandas, não por covardia, que desconheço essa doutrina, mas por *prevenção*, porque a última coisa que desejo e quero é arrumar encrenca, e certa feita quase que ia me estrepando, um **tipo** me abordou, me confundindo talvez com um gringo, "Marirruana?", não atinei com a pergunta, balancei a cabeça, simpático, e me fez um sinal pra acompanhar ele, descemos toda a rua Augusta, eu no sobrepasso dele, desguiando dos **ambulantes** que infestam o calçadão, e, ultrapassado o Arco, estacionamos no meio da praça do Comércio, ele me mandou sentar na escadaria da estátua esverdeada que tem lá, e desapareceu, daí uns minutos veio outro **gajo**, levou a mão entreaberta na minha direção, julguei que era um cumprimento, de pé tentei retribuir a amabilidade, ele assustou,

70

reclamou, "És **parvo** ou quê?", nervoso, "Marirruana ou heroína?", quando compreendi, o rapaz, um traficante!, "Sai fora, sô! Sou pobre, mas sou direito", e ele, esbugalhado, me deu um empurrão, bati a boca na grade que protege o monumento, sangrou, ele sumiu pros lados do Cais do Sodré, estudei o entorno buscando uma autoridade, desgramado!, mas aí lembrei que não possuía o raio do documento, se denunciasse eles, passando droga em plena luz do dia, podia é ainda me lascar, então tratei de sair de fininho e percorrer a direção contrária que o marginal tinha tomado, subi zonzo num **autocarro**, apeei na estação Santa Apolônia, desabei num banco, pernas bambas, respiração desregulada, tremedeira danada, espichei até me refazer do sucedido, e mesmo hoje, morando longe, cada vez mais raro dar as caras por lá, fico meio ansioso quando penso em perambular por aqueles lados, receio de deparar com os bandidos e ter de tomar uma providência, eu, com minha cabeça quente, não responsabilizo pela desordem que podia fazer.

Seu Seabra bateu de-com-força na porta do quarto nem sete horas da manhã, eu tinha ido dormir tarde, engastalhado no movimento d'O Lagar do Douro, despertei tordoado, ardência nos olhos, "Senhor Sampaio, Senhor Sampaio", ele gritava, "Telefone", fraquejei, as pernas sem fôlego antevendo desgraça, imaginei o pior, morte, doença, pedição de dinheiro, essas arengas todas, de alguém lá do Brasil, a Stela conhecia o número do hotel, a Semíramis também, pra o caso de uma emergência, mas ninguém nunca ligou, eu transferia pra conta da minha cunhada, religiosamente, um *auxílio* pro Pierre e pra Noemi, na agência da Uéstem Únion, sobrava uma mixuruquice pra vencer as quatro semanas seguintes, e, economista, ainda ajuntava pra adquirir uns imóveis em Cataguases, garantidores do meu futuro, e o seu Carrilho bradava, "Um descalabro", que eu esfalfava achando que sustentava a esposa *incapacitada*, o filho *necessitado*, quando, "Conheço a alma humana", a rameira da Stela e o *corno* do marido é que deviam estar esbaldando, comendo e bebendo do-melhor, divertindo às minhas custas, "Quem garante" que a *ajuda* escoava até os *destinatários*?, e isso me intoxicava, vontade de estancar a hemorragia, desfazer de vez os vínculos com o Brasil, desaparecer, quando minha mãe era viva e meu pai também, que Deus os tenha em bom lugar, ainda importava de não deixar eles cismados, a-descoberto, mas, agora, quem ia sentir a minha falta?, nem minha irmã, que tem lá o Josias, que, se não é cem por cento, correm muitas conversas, que ele é um femeeiro sustentador de amantes, que até bancava uma de-menor no Bairro Tomé, mas eu nunca quis tirar a limpo essas histórias, me desinteressa a vida adventícia, e, afinal, no lar, posava de bom pai, bom marido, e à minha irmã é que cabia a fiscalização, se não tugia nem mugia é porque ou estava tudo em ordem ou ela conformava em abrigar um pândego, eu é que não ia acender o rastilho da desavença, porque conhecer a boataria ela devia, impossível o exercício da traição em Cataguases sem o adjutório da cidade inteira, o zunzunzum e a fofocalhada correm à rédea-solta, uma orgia de todo mundo metendo o bedelho na vida de todo mundo, mas, aí, eu refletia, a infelicidade que podia provocar no Pierre, já tão prejudicado por encorpar fora da vista do pai, sem o aconselhamento da minha vivência, sem ninguém pra defender ele na precisão, afagar a cabeça na hora certa, e na hora certa também sentar a mão na bunda, aí, remoendo tudo isso, e mesmo revoltado por sonhar com os churrascos, custeados pelos meus suados euros, que a Stela, toda metida-a-besta, oferecia, passeando de biquíni a banha dela, porque a maldade tem esse dom, de engordar e enfear a pessoa, mastigava o meu orgulho e ia no Rossio depositar o dinheiro, e, enquanto preenchia a papelama, ficava olhando praqueles pobres-diabos, africanos, árabes, indianos, babel de raças e cores, se espremerem dois-três na mesma cabina de telefone, esgoelando, chorando, uma vez, perto do Natal, uma senhora negra, baixa e gorda, enfiada numa roupa estampada, cabelos começando a alvejar, desmaiou no decorrer de uma ligação, socorremos ela, apareceu uma cadeira, um copo dágua, um abano, quando voltou a si, socando os pés no chão, a jabuticaba dos olhos clamou seu desespero num português estropiado que ninguém entendia mas que todos adivinhamos, o desalento imigrante de quem sabe que de nada serve essa vida se a gente não pode nem mesmo aspirar ser enterrado no lugar próprio onde nasceu, e até o povo que conversava na internet, sempre alheio à desventura estrangeira, estancou, e de repente desabou um silêncio esquisito na Uéstem Únion, como quando, em-criança, a expectativa de que um trinca-ferro desavisado, ciscando o caminhinho de alpiste, fosse engolido pela arapuca armada no quintal, e aí me deu uma agonia danada, lembrei da minha gente, como será que estavam todos lá, será que continuavam naquela labuta lá deles, acordar cedo, ir trabalhar, voltar de tardinha, encontrar no Beira Bar, sábado jogar carteado, domingo dormir até mais tarde... Então, desci as escadas correndo e do outro lado do telefone deparei com a voz lamentosa da Sheila implorando pra que eu encontrasse com ela, "O mais rápido possível", num café da avenida Vinte e Quatro de Julho, "Já estou aqui, esperando", e nem deu azo pra perguntar o que tinha havido. Desliguei o aparelho, relatei *por cima* a ocorrência pro seu Seabra, que acompanhava atento a agitação, farejando uma calamidade, subi, botei a luva, a touca e o casaco de lã, e despenquei Madragoa abaixo. Encontrei a Sheila desacorçoada, o **telemóvel** em cima da mesinha, o maço de cigarro, o cinzeiro, a xícara vazia, os olhos vermelhos lembrando uma menina-colegial que tivesse acabado de perder o namorado, "Quê que aconteceu?". Ela disse que *infelizmente* não podia falar sobre *aquilo*, "Um dia, quem sabe", suspirou, e perguntou se eu podia acompanhar ela a Oeiras, onde ia ter com *uma pessoa*, "Faz isso por mim?", apertando minha mão, aflitiva. Eu respondi que "Claro, conte *sempre* comigo", e, então, mais aliviada, ali mesmo tomamos o **pequeno-almoço**, ela candeando a conversa pra uma estrada baldia. Depois, apressados pela chuvinha miúda, atravessamos a **passadeira** e pegamos o trem na estação de Santos. Ela, nos vinte e dois minutos que dura a viagem, manteve agarrado o meu braço, a cabeça dormitando no meu ombro, fôssemos marido e mulher, trajes domingueiros, a caminho da casa dos sogros pro almoço-em-família, o Tejo esbravejando rente lá fora, e por um instante esqueci do mundo, envolvido pelo **xaile** da felicidade.

O homem, um **cabrito**, já aguardava engalanado na porta do **terceiro à direita** de um predinho de quatro andares. Cumprimentou, educado, mandou entrar, exibiu o Kilape, um estabanado **cão da serra de Aires**, penduramos os casacos num cabide, sentamos, ele indagou, prestimoso, no que podia ser *útil*. Constrangida, a Sheila me apresentou, "Sérgio, amigo meu", e ele desatou, entusiasmado, "Ah, os brasileiros!", adorava o nosso povo, que, não fossem *interesses* em Portugal, *certamente* moraria no Rio de Janeiro, "Que luz! E vossa" *musicalidade*, "Sublime!", em São Paulo "Talvez não", grande demais, "Necessito estar próximo das pessoas", e confesso que o sujeito açambarcou a minha simpatia, "Mas, queridos, o que vos aflige?", apesar de meio adamado. A Sheila explicou que, conversando com a Senhora Rabelo, ela pediu que procurasse o Senhor Almeida, que podia resolver o *problema*, "Estou aqui tentando ganhar a vida, pra ajudar minha família que ficou lá em Goiás", e ele, galanteador, "Se calhar, estamos todos na mesma situação, meus queridos", informando que ele também, embora cidadão da Comunidade Europeia, "Sinto-me exilado", angolano de corpo e alma, apenas comia **calulu, moamba de galinha com funge, muzungué com farinha de pau,** muito **óleo de palma** e **jindungo**, "Só de imaginar", vinha água na boca, arrepiava todo, "Veja", e pegou minha mão e relou no braço peludo dele, "E tu, meu caro?", dirigindo a mim, "O que fazes por cá?", desafastei, disse que labutava n'O Lagar do Douro, "Ainda servem aqueles **jaquinzinhos** maravi-

lhosos?", confirmei, tímido, "Mas, diga, minha querida", e a
Sheila, cabisbaixa, contou, no-atropelo, que precisava de um
empréstimo, que tinha tido um *contratempo*, que carecia *urgente* de dinheiro, "Algo em torno" de dois mil euros, "Uma
importância elevada!", ele negaceou, assustado, perguntando
que *garantias* ela dava. Olhando pra mim, a mão no meu joelho, dissertou fanfarrão que tinha liderado tropas da Frente
Nacional de Libertação de Angola, onde nasceu na serra de
Ambuíla, e **puto** ainda, vendo o sofrimento dos **bakongos**,
havia aderido à causa, e, porque tinha instrução, "Estudei numa missão batista no Uíge", com dezoito anos comandava
uma vasta região *libertada*, mas em meados dos oitenta fugiu
pra Portugal, com a roupa do corpo, "E para quê?", tudo em
vão, "Sacrifiquei a minha juventude" no meio de florestas,
atravessando rios, perdendo a saúde no **cacimbo**, lutando contra os **tugas**, de um lado, os comunistas, do outro, e, hoje,
Angola "É aquilo que se vê". Mas graças a Deus, "E aos meus
esforços", conseguiu *amealhar* uns poucos *haveres*, "E posso"
dedicar a socorrer as pessoas, "Não fosse eu, meu querido",
vários colegas, brasileiros, angolanos, guineenses, moçambicanos, cabo-verdianos, são-tomenses, estariam na miséria,
"Porque muitos deixam" a situação de *penúria*, dão a volta por
cima, transformam desespero em desafio, "Os imigrantes"
muito mais empreendedores que os europeus, "Em suma, o
que ofereces, minha querida, como garantia?". Esperançosa,
a Sheila sacou da bolsa o passaporte e apresentou pro Senhor
Almeida, que, sem pestanejar, rejeitou, desdenhoso, "Insuficiente", "Insuficiente?", ela como que desfaleceu. Ele então

76

voltou pra mim, deliberativo, e eu, pego de surpresa, afobei, e, mesmo adivinhando que deslizava barranco abaixo, gaguejei, "Se... o caso... é... sério...", e, de pé, desajeitado, tratei de resgatar o meu próprio documento, disfarçado por debaixo da calça, numa cinta abraçada no quadril, junto da cueca, enquanto a Sheila lamuriava, "Não, Serginho, não é justo, não é justo". Já arrependendo, mas sem como voltar pra trás, perguntei, "Isso contenta o senhor?", e o Senhor Almeida, já agora esvaziado da minha simpatia, levantou da poltrona, carregou, acompanhado do Kilape, os dois passaportes pra um cômodo afastado, e de lá gritou, satisfeito, "Agora sim, **caraças!**". Aí me relampeou uma conversa com o Rodolfo, encontrei ele, por acaso, na recepção do Hotel do Vizeu, onde tinha ido levar a *encomenda* do seu Carrilho, me convidou **aos copos**, meu dia de folga, descemos pra uma **tasca** na rua das Janelas Verdes, primeira vez que a gente vadiava juntos, e, de-princípio acabrunhados, logo acamaradamos, e a palestra correu solta, confessei a minha ideia de permanecer aqui só o tempo suficiente de economizar pra comprar uns imóveis em Cataguases, "Garantia do futuro", queria voltar logo pra ganhar a admiração do Pierre, "Meu filho", e quem sabe até auxiliar na recuperação da *coitada* da Noemi, "A minha esposa, ela tem problema-de-nervos", mas, fui sincero, depois que havia tropeçado na Sheila, andava meio perturbado, acho que apaixonado com ela, e relatei quem era e o que fazia, e ele, assustado, "Ficou doido?", aconselhou a não mexer com aquilo não, "Tem uma verdadeira máfia por trás desse negócio", diferente o caso dela, "Veio por vontade própria, pra prover a família, fugir da miséria", expliquei, ele rebateu, "É, sempre a mesma história", mas na profundez impera a violência, as drogas, a escravatura, "Tenho nada com isso não", mas aconselhou, "Sai dessa", emendando que, mesmo *bacana*, "Ela vai consumir tua poupança, vai te deixar a zero", e continuou, "Pode escrever... É da natureza da... *ocupação*...". Recaí, pensativo, buscando razões pra contrariar ele, mas tudo que vinha à tona na minha mente fortalecia esse raciocínio. O Rodolfo avivou a conversa, "Nós estamos lascados, Serginho", aqui em Portugal não somos nada, "Nem nome temos", somos os *brasileiros*, "E o que a gente é no Brasil?", nada também, somos *os outros*, "Eta paisinho de merda!, terra de ladroagem e safadeza!", ele, meio alto, quase-discursava, "Pra se dar bem, o cabra tem que ser político ou bandido, que é quase a mesma coisa, aliás", porque o trabalhador, aquele que bate-cartão ou que capina sol a sol, este morre à-míngua, "Tu conhece alguém, lá na tua cidade", que, nascido pobre e honesto, esteja bem de vida, "Bem mesmo", sem ter que preocupar em como pagar as contas no fim do mês?, "Não, claro que não", porque, nessa situação, só quem tem *berço*, as famílias que exploram o Brasil desde sempre, e que pra isso fazem política, "Pra manter a pabulagem", discorria, revoltado, "Na Paraíba, por exemplo", meia dúzia de sobrenomes mandam em-desde que o mundo é mundo, "Se ficasse lá, Serginho, virava marginal", comprava uma carabina e saía caçando os ricos todos, "Ia morrer, eu sei, mas antes cometia uma insensatez". Eu perguntei se ele tinha mesmo coragem praquilo, e ele, calado, enviesou pro telhado do casario antigo, as floreiras coloridas, as roupas penduradas nos varais improvisados, suspirou, desanimado, não, não tinha, "Por isso vim embora", e, macambúzio, prosseguiu, "É ilusão, Serginho", pura ilusão imaginar que uma-hora a gente volta pra nossa terra, "Volta nada", a precisão drena os recursos, "É a mãe doente na fila do SUS, é o pai com câncer de próstata que precisa de um remédio caro, é um irmão que estuda, uma irmã que casa, um sobrinho problemático", os cabelos caem, a pele enruga, "Nessa brincadeira" cinco anos escorreram já, "E sabe quanto consegui acumular? Nada... Porra nenhuma", e, descontrolado, bateu a palma da mão aberta no tampo da mesa, e o garçom, atento, prontamente apresentou a conta. Na rua, divergimos de rumos, e, na tarde úmida que rapidamente tornava noite, segui decidido a arriar da Sheila, pra que perder tempo?, devia é me concentrar na economização de dinheiro e regressar logo pra junto dos meus.

A Sheila, depois do episódio dos passaportes, não avistei mais. Quem reencontrei foi o tal do Lopo Garcia, o poeta ou escritor, não sei, do Ao Recanto dos Caçadores, a-ideia-viva-que-vai-mudar-a-história-de-Portugal. Bem em frente da Sé, placa pendurada no pescoço, escrito agarranchado, Compre esse homem, longos cabelos brancos esvoaçantes, roupas descompostas, pregava pros transeuntes, movendo ligeiro de um lado pro outro, "É isso que desejam de Portugal", que fiquemos de joelhos para o resto da Europa, "Já de nada somos donos nesse país", os espanhóis *assenhoraram-se* de tudo, em-pouco restarão apenas dívidas, "E quem há de pagá-las?", e, agarrando os ariscos passantes, eu!, tu!, as próximas gerações!, "Antecipemo-nos! Vendamo-nos enquanto resta tempo!", bradava, possuído, e, me localizando no meio do povo que assistia o espetáculo, segurou meu braço, perguntou em voz alta, "Quanto achas que valho, **pá?**", e eu, imaginando que ele tinha me reconhecido de quando frequentava a **tasca**, vasculhei o bolso, respondi, chistoso, "Cinco euros", e ele, puxando a nota da minha mão, desfilou berrando, "Cinco euros!, cidadãos, cinco euros!", agora, até um brasileiro tem o desplante de fazer uma oferta por um português, e vejam o preço que ele propõe, "É isto, o quanto valemos?", e, abordando as assustadas pessoas que por ali circulavam, apontava pra mim, gritando, "Aquele brasileiro quer me comprar por cinco euros! Eu, um lusitano de quatro costados!, não um **retornado**, mas um legítimo descendente de Viriato!, cinco euros! É isso, o quanto valemos?", e deitado na escada da igreja esperneava, e urrando ameaçava os passageiros dos **eléctricos**, e furioso avançava sobre os intimidados turistas, mochila nas costas, mapa na mão, e eu, não achando mais graça nenhuma naquilo, porque todo mundo, mesmo os que percebiam que o sujeito era maluco, me repreendiam, cara-feia, talvez julgando que estava de-combinação com ele, tentei reaver meu dinheiro pra ir embora, mas aí apareceu a polícia, agravou a confusão, estalou o empurra-empurra, um senhor, enfiado num **fato**, ensaiou um protesto, "Ó, **pá**, deixem o homem proclamar as verdades", mas rapidamente dispersaram a aglomeração, e, sem muito nhenhenhém, recolheram o Lopo Garcia, que, ensandecido, excomungava Deus e os Estados Unidos, arrastaram ele, enfiaram na **carrinha**, e, antes que conseguisse encaminhar minha petição, desabalaram, a sirena uivando, e acabei no-prejuízo, mas torço pra deparar aquele doido na rua um dia, vou exigir os cinco euros de volta, ele vai ver o quanto vale um brasileiro, ainda mais quando longe de sua terra-natal, embora o seu Carrilho tenha me desanimado, que posso esquecer, "Artista é assim mesmo", pega as coisas emprestado, não devolve jamais. Pra piorar, como dizia o Ivan Cachorro Doido, o azar é que-nem urubu, só ataca em bando, pouco depois de completar um ano de labuta n'O Lagar do Douro, um domingo, fim de expediente, seu Peixoto me convocou de-lado, e, ajeitando lulas, polvos, camarões e percebes no balcão-frio, anunciou, displicente, o meu desligamento, "Nada contra vossa pessoa", desculpou, mas tinha contratado outro ucraniano, "Chegam cá" destemidos, formação superior, "Conhecem inglês, francês", mão-de-obra mais qualificada pelo mesmo salário, "O Anatólio, por exemplo", graduado em agronomia, e eles querem *realmente* erigir uma vida nova, os brasileiros, sempre pensando em voltar, "Feitas as contas" na ponta do lápis, mais *sensato* contratar um *leste-europeu*, e, além disso, "Não te ofendas, pá", os fregueses preferem ser atendidos por um gajo louro de olhos azuis, "Eu cá até discordo, os brasileiros", mais *cordatos*, mas o cliente é quem manda, "Tu sabes", e, talvez, se não interrompesse, "Entendi, seu Peixoto, deixa estar", ele, de-normal econômico de palavras, ia manter o falatório, sufocando meu raciocínio, porque, dentro, minha cabeça zunia, a garganta, tapada, como se rastreasse um inexistente perfume, reclamava ar fresco, dei as costas pra ele e fui sentar aparvalhado numa mesinha, perto da en-

81

trada, e o Anatólio desfilou, cínico, amoldada no rosto uma expressão de ó-não-tenho-nada-a-ver-com-isso-não-heim, mas permitindo transparecer o contentamento do alívio, sempre antipatizou comigo, desde o primeiro dia, medo que eu ultrapassasse ele na *galanteria*, já aproximava da gringalhada acendendo meu Rau ariú, Quem na relpiú, Gude mil, Gude praice, envolvente, agradável, profissional, deve de ter me intrigado com o seu Peixoto pra conseguir a colocação pro conterrâneo dele, grandessíssimo filho-da-puta, e o Nino, querendo me consolar, coitado, resmungou, os dentes atristados, na língua lá dele, Panga bariga ka ta kontra ku **bunda** largu, claro, eu ia superar mais aquela provação, mas um cansaço me abatia, valia a pena insistir?, desempregado, sem documento, aí o seu Peixoto me entregou um envelope, o dinheiro do mês mais um calaboca, troquei de roupa, catei minhas coisas, abracei o Nino, dei tchau pra dona Celestina, acenei com a cabeça pro Anatólio, e desci devagar as ruas do Bairro Alto, no meio da fuzarca dos jovens varapaus branquelos, alegremente embriagados, que rumavam pras docas em demanda de lugar pra dançar e perpetuar a bebedeira, e esbarrando em casais, senhores e senhoras bem-vestidos, que, em direção contrária, buscavam o conchego das casas de fado. E, então, madrugadas, manhãs e tardes deflagrei a investigar o paradeiro da Sheila, e, com tanto afinco, que, confundido como **espia** por uns, como **gira** por outros, tive que desistir, sob ameaças. O **telemóvel** desativado, especulei nas imediações da rua Conde Redondo, vasculhei **casas de alterne** e hoteizinhos suspeitos, plantoneei na frente do prédio que ela morava, sem sucesso:

82

ninguém de nada sabia, negaceavam, desconfiados. E eu, que sou de Cataguases, mas nem por isso sou bobo, percebi sujeira por debaixo daquele angu, e, não tomasse tento, ainda ia derramar problemas no meu colo. Pés e mãos atados, impossibilitado de dar parte na polícia do sumiço da Sheila e do extravio do meu passaporte, imaginei perseguido pelo Senhor Almeida nos **autocarros** e **eléctricos, metro** e **comboio**. No desespero, fugi clandestino do Hotel do Vizeu e homiziei no apartamento do Rodolfo, na Damaia, até o Jerê conseguir me arrumar uma vaga numa pensãozinha sem nome na Buraca e um emprego de ajudante de pedreiro na construção de um conjunto habitacional na Amadora. E foi assim que, depois de seis anos e meio, pouco mais ou menos, entrei numa tabacaria, pedi um maço de SG, um isqueiro, tirei um cigarro, acendi e voltei a fumar.

1ª EDIÇÃO [2009] 4 reimpressões

ESTA OBRA FOI COMPOSTA EM ELECTRA PELO ESTÚDIO O.L.M. E IMPRESSA PELA RR DONNELLEY EM OFSETE SOBRE PAPEL PÓLEN BOLD DA SUZANO PAPEL E CELULOSE PARA A EDITORA SCHWARCZ EM OUTUBRO DE 2016

A marca FSC® é a garantia de que a madeira utilizada na fabricação do papel deste livro provém de florestas que foram gerenciadas de maneira ambientalmente correta, socialmente justa e economicamente viável, além de outras fontes de origem controlada.